暗夜鬼譚

霜《そう》剣《けん》落《らっ》花《か》

瀬川貴次

集英社文庫

目次

CONTENTS

ANYAKITA

馬頭鬼《めずき》あおえが語る

登場人物

夏樹【なつき】

帝のおそば近くに仕える蔵人《くろうど》っていう職務に就いていて、真面目で優しい善いひとです。あの日本三大怨霊のひとり、菅原《すがわらの》道真《みちざね》公の血をひいていて、ゆかりの太刀で物の怪たちをバッタバッタと切り倒しちゃいます！　ちょっと不幸体質っていうか、ひどい目に遭いがちなところもあるので、わたしが冥府に戻れるその日まで、そばで優しく見守ってあげられればって思ってたりもしまーす。

一条【いちじょう】

陰陽師《おんみょうじ》の修行をしている陰陽《おんみょう》生《しょう》で、夏樹さんのお隣に住んでいます。男装の美少女かと疑われるほど容姿端麗なんですけどぉ、中身はけっこうズボラで乱暴で、お友達も夏樹さんしかいないんですよ。わたしには何かときつく当たるんですけどぉ、それもほら、ヘタすぎる愛情表現のひとつなんじゃないかなって思わなくもなかったりして……うふふっ。

深雪【みゆき】

夏樹さんのいとこで、伊勢という名で弘徽殿《こきでん》の女御《にょうご》さまの女房をつとめています。一条さんに負けないくらいの猫かぶりで、宮中では才気あふれる若女房、夏樹さんには意地悪ばかり、でも本当は夏樹さんが大好きっていう、ややこしいことになっています。わたしは応援してますけどぉ、夏樹さんの鈍さも筋金入りですからね。いっそ、一条さんの師匠の賀茂《かも》の権博士《ごんのはかせ》に乗り換えちゃいませんかと推奨中です。

あおえ

青い瞳も愛くるしい馬の頭に、たくましい人間の身体を備えた麗しの馬頭鬼《めずき》。冥府では獄卒として働いていましたが、些細なことで追放され、一条さんの邸《やしき》の居候となりました。きっと、薔薇のごとく華やかに激しく生きるさだめなのでしょうね……。

馨【かおる】

賀茂《かも》の斎院《さいいん》ってご存じですか？　都の土地神さまをお祀《まつ》りする巫女姫《みこひめ》さまのことでして、あの伊勢《いせ》の斎宮《さいぐう》のように、皇族出身の未婚のお姫さまが卜占《ぼくせん》によって選ばれます。馨さんはその賀茂の斎院で、帝の妹姫なんです。幼くして斎院となり、俗世から隔絶されてきたせいか、かなーり破天荒なかたで、あの一条さんでさえ馨さんには少々引き気味です。ま、神に仕えるかたですから、それくらいあってもいいんじゃないでしょうかねえ。

暗夜鬼譚

ANYAKITAN

霜剣落花《そうけんらっか》

霜《そう》剣《けん》落《らっ》花《か》

第一章　東から来るもの

冬の空に、灰色の雲が重く垂れこめていた。それだけならまだしも、冷たいみぞれが降り注いでいる。

平安の都へ向けて山あいの道を進んでいた少年武者――季長《すえなが》は、馬上からいまいましげに空を見上げた。

「冷えると思ったら……とうとう降り出してきたな」

肩に降りる雪片を二、三回はらいのけただけで、彼の指先はあまりの冷たさに真っ赤に染まった。

季長は後ろからついてきていた従者たちを振り返った。牛に牽《ひ》かせた荷車が一台、それに付き従っている男数人、という面子《メンツ》だ。

「荷を濡《ぬ》らすなよ。覆いをかけろ。都が目の前といういまになって何かあったら、父上に合わす顔がないからな」

ひそめた眉は太く、りりしい。年齢的には少年と呼べるが、彼は元服も済ませた立派な成人だった。侍烏帽子《さむらいえぼし》に直垂《ひたたれ》を着用し、背すじをまっすぐにのばして馬に乗った姿は、いかにも若武者といった風情だ。

最年少の季長に指示されて、男たちはあわただしく覆いの用意をし出した。が、次の瞬間、荷車は左側に大きく傾く。車輪がぬかるみにはまってしまったのだ。

「おい、何をやっている！」

季長が思わず大声をあげた。男たちはあせって荷車を押す。が、車輪は泥で滑るばかり。実はつい先日も、このあたりでみぞれが降り、道のあちこちにぬかるみができあがっていたのだ。

仕方なく、季長自身も下馬して荷車を押す役に加わった。掛け声をあげ、みなで力任せに押すも、あと少しというところで車輪は虚《むな》しく空滑りしてしまう。

「もう少しなのに……」

じれる季長の背後から、ふいに声がかけられた。

「お手伝いいたしましょうか？」

若い女の声だ。驚いた季長は弾《はじ》かれたように後ろを振り返った。

みぞれの降る中に、彼らとはまた別の旅の一行が立っていた。従者とおぼしき男が四人。そして、市女笠《いちめがさ》をかぶった若い娘がふたり。

娘のうちひとりはまだ子供だ。少年に声をかけたのはもうひとりの、十七、八ぐらいのほうだった。

平安のこの時代、身分のある女性《によしょう》は身内以外の異性にたやすく顔を見せてはならないとされていた。そのため、外出用の市女笠には、顔を隠すため、縁にぐるりと薄い布を垂らしてある。少年に声をかけた娘は、虫の垂衣《たれぎぬ》と呼ばれるその布を少し持ち上げていたので、整った顔がちらりと覗《のぞ》いていた。

美形だ。

草深い東国から出てきたばかりの少年は、彼女の美しさに言葉を失った。荷車を押していた従者たちも同じだった。

娘はにこりと微笑《ほほえ》むと、自分の従者たちに向けて指示を出した。

「おまえたち、お願いね」

「はっ」

娘の命に従い、四人の男たちのうち、三人が荷馬車の後ろにつく。加わらなかったひとりは、さりげなく娘たちの背後に立った。何事かあらば、すぐに彼女らを守れるようにとの配慮だろう。

護衛役の男は、他者の視線を避けるように横を向いている。顔を見られては困るようなことでもあるのかと、季長は勘ぐった。

(ひょっとして盗賊の類いか？　隙をみて、こちらを襲う心積もりなのでは……)

しかし、女子供をつれての盗賊稼業は無理があるだろうと、季長も思い直す。男の存在は気になるが、わざわざ近寄って顔を確かめるのも非礼にすぎる。彼らは進んで、こちらの難儀を救おうと申し出てくれたのだから。

季長は男にいだいた好奇心をなんとか抑えこみ、荷車を押すほうに専念した。

「では、いくぞ」

「せいの」

声をそろえて、荷車を押す。三人分の力を新たに得たことで、ようやく車輪はぬかるみから脱《ぬ》け出した。安堵《あんど》した従者の間からは、おおっと歓声があがる。

そんなふうに声をあげたのは季長の従者だけだった。手伝ってくれた男たちは無言だ。いささか不気味だったが、彼らのおかげで助かったのは事実である。季長は男たちに礼を言い、市女笠の娘を振り返った。

「本当に助かりました。なんとお礼を申しあげてよろしいか……」

娘は虫の垂衣のむこうで、再び微笑んだようだった。

「差し出がましいかとも思ったのですが、とても大事な荷を運んでおいでのようでしたから」

「ええ。都の貴人にお届けするお祝いの品を運んでおります」

「まあ、そうでしたの」

興味をいだいたのか、娘の視線が荷のほうへと向く。

どんな品を運んでいるか見せてやろうかと瞬間思って、季長はすぐにその気持ちを打ち消した。これは家運をかけた大事な品。こんなところで広げて、何かあったら取り返しがつかない。

娘も察したのか、見たいなどとわがままは口にしなかった。

「都まではもうあと少しです。どうぞ、お気をつけて旅を続けてくださいませ」

軽く頭を下げ、少女と男たちを伴って歩き去っていく。季長はその場にぼうっと立ち尽くして、冬の靄《もや》の中に消えていく後ろ姿を見送った。

その間に、彼の従者たちは荷車にせっせとみぞれよけの覆いをかけていく。作業の終わった従者たちは、季長の心ここにあらずの様子にやっと気づいて苦笑した。

「若、鼻の下が伸びていますぞ」

反射的に季長が鼻に手をやると、従者たちはどっと笑う。

「失礼だぞ、おまえたち」

睨《にら》みつけても、従者たちの笑いは止まらない。季長も大人げなく怒り出しはしなかった。ちょっと拗《す》ねたような口ぶりで、

「仕方ないだろ。あんなきれいな女人は初めて見たんだから」

その点には、従者たちも同意した。

「都も近くなればこそ、でしょうなあ」

「ああいう美女が、いろいろなところから都に集ってくるのですよ、きっと」

「これはまた、楽しみが増えましたな」

にやける従者たちに、季長は難しい顔をしてみせた。

「しかしなぁ……なんだか、妙な一行だったと思わないか？」

「またまた、お照れになって」

「そうじゃないよ」

「恥ずかしがらずとも、ようございますに。なんでしたら、追いかけてまいりましょうか？」

「いや、それはさすがに……」

季長は言葉を濁した。

人里離れた山あいの道でめぐりあったせいか、冬曇りのこの天気のせいか、それとも娘の並々ならぬ美しさのせいか、不思議と人間と話したような心地がしないのだ。

山の精霊か、地に迷いこんだ天人《てんにん》か。そんな存在を、いまさら追いかけたところで捕まるまい。むしろ、このまま別れたほうが無難とさえ思える。

そんな季長のためらいを、従者は照れと解釈した。

「ご安心なさいませ。わたくしが思うに、あれは旅の白拍子《しらびょうし》でございましょう。うまく話をつければ――」

やにさがる従者に、季長は生真面目《きまじめ》に首を横に振った。

「いや、本当にいいんだ。それに、あそこまでの美人はかえって荷が重い」

正直すぎる意見に、従者たちはまた、どっと笑った。

「まあ、そういうことでしたら、無理は申しますまい」

「都に行けば、きっと、もっと若の好みに合う美女がおりましょうし」

「本当に、いまから楽しみですなぁ」

何やら不純な期待を胸に、一行は再び、都を目指して進み出した。あの女人たちが行った同じ道をたどっていたのに、なぜか彼女たちには追いつけなかった。


山あいではみぞれだったが、都の中心では淡雪が降り始めていた。

御所の庭をひとり歩いていた大江夏樹《おおえのなつき》は足を止めて、薄墨色に塗り潰された空を仰いだ。

「冷えると思ったら、また降り出したんだな……」

白い息を吐きつつ、夏樹は空の彼方《かなた》をじっとみつめる。

肩に舞い降りるのは、花びらのような一片の雪。

寒いのは苦手だが、雪は好きだ。時間が許せば、静かに降りゆく淡雪の中、このましばし、たたずんでいたいと思う。

だが——ここでゆっくりもしていられない。いとこの深雪《みゆき》が彼を待っている、いや、待ち構えているからだ。

夏樹は小さくため息をついた。いとこがなぜ自分を職場に呼び寄せたのか、おおかたの予想がついていた。どうせまた憂さ晴らし。そうとしか形容のしようがない。

（やれやれ。こっちだって暇じゃないのに）

夏樹はちらりと視線を承香殿《しょうきょうでん》のほうへと向けた。

承香殿は、帝《みかど》の妃《きさき》が住まう殿舎のひとつ。現在、そこを御座所としている妃は右大臣の姫君で、承香殿の女御《にょうご》と呼ばれていた。

今上帝《きんじょうてい》には数多くの妃がいるが、その中でもひときわ目立つ存在が、承香殿の女御、そして、弘徽殿《こきでん》の女御だった。

両者の実家の権勢はほぼ同格。ともに実父が大臣職を務めている。美しさ、聡明《そうめい》さはどちらの妃も負けず劣らず。帝の寵愛《ちょうあい》の深さにおいてもだ。

ただ最近は、弘徽殿の女御のほうが一歩、抜きんでている感があった。今年の夏あたりから、弘徽殿の周辺でいろいろと事件がもちあがり、そのことを気に病む女御を、帝が哀れにおぼし召して、愛情がいっそう深まったからだった。

弘徽殿に仕える女房の深雪が、この状況をわがことのように喜んだのは言うまでもない。

「やったわ！　このままいけば、うちの女御さまが名実ともに後宮《こうきゅう》の頂点よ。ひいては、中宮《ちゅうぐう》、皇后と、女の出世街道まっしぐらに進まれること間違いなしだわ」

そう高らかに宣言していたのだが――

また近ごろ、雲行きが怪しくなってきたのであった。

承香殿の中、母屋《もや》と呼ばれる一段高くなった部屋では、女主人である女御がお気に入りの女房たちに囲まれて、くつろぎのときをすごしていた。

さすがは後宮の二大勢力の一翼を担うだけあって、絵に描いたように華やかな美人である。美貌のみならず、気品といい、内側からあふれんばかりの自信といい、文句のつけようがない。今様色《いまよう》（濃いピンク）の小袿《こうちぎ》をゆったりと身にまとい、脇息《きょうそく》にもたれかかった女御の姿は、物語の中の登場人物のようだ。

仕える女房たちも、至極満足そうに自分たちの主人をみつめている。

まして、いまの女御はさらなる幸せの階段を登り始めたところ。その充足感が、内側から光り輝かんばかりに、彼女を満たしている。

「まあ、寒いと思ったら炭櫃《すびつ》の火が消えかかっているわ」

女御がそうつぶやくと、一の女房である少納言がすぐさま反応した。

「誰か、急いで火を熾《おこ》してちょうだい」

「はいっ」

古参の女房に命じられ、新米女房があわただしく動く。そのさまを、女御は目を細めて眺めている。自分のために女房たちが甲斐甲斐《かいがい》しく働くのは当然と思っていても、やはり実際に眺めるのは嬉《うれ》しいし、誇らしいし、気分がいい。

「お寒くはございませんか、女御さま。いっそ、袿《うちき》をもう一枚、お召しになられてはいかがでしょう……」

少納言の勧めに、女御は鷹揚《おうよう》にうなずいた。

「そうね。用意してもらおうかしら」

「誰か、袿を」

「はいっ」

打てば響くように女房の誰かが立ちあがる。ここのしつけは本当によく行き届いていた。

ただちに炭櫃の火が熾され、袿が一枚増やされる。炭櫃は蒔絵《まきえ》を施した高級品。袿も、地紋の浮き出た綾織物《あやおりもの》。外の寒さとは無縁の暖かさ、豊かさの中で、承香殿の女御は満ち足りた笑みを浮かべた。

「女御さま、お寒くはございませんか？」

「もう充分よ、少納言」

「ですが、念には念を入れませんと。今日は朝からかなり冷えこみましたし……。やはり、冷えがいちばん、お身体《からだ》には障りましょうから」

「そうね。少納言の言う通り、大事にしなくてはね。もはや、わたくしひとりの身体ではないのですもの」

台詞《せりふ》の後半を、女御はわざと高らかに謳《うた》いあげた。当人は何かにつけ、これが言いたくてたまらなかったのだ。

帝の妃となるべく入内《じゅだい》してきたのは、もう何年も前。並々ならぬ寵愛を得はしたが、その間、いっこうに懐妊の気配はなかった。が、ようやくいまにして――彼女は帝の御《み》子《こ》を身ごもったのである。

以前、もっと下位の妃である更衣《こうい》が、皇子《みこ》を生んだことはあった。しかし、その子は夭折《ようせつ》してしまい、いまの帝に子供はひとりもいない。ここで女御である彼女が男児を生めば、まず間違いなく、その子が東宮《とうぐう》（皇太子）となり、ゆくゆくは次代の帝となるであろう。

あくまで、男児を生めば、である。しかし、承香殿の女御には絶対の自信があった。

「わたくしの身に宿りしは、畏《おそ》れ多くも次の帝になられる皇子……。きっとそうよ。だって、あの白王尼《はくおうに》がそう言祝《ことほ》いでくれたのですもの」

白王尼の名が女御の口から出ると、少納言の表情がわずかに歪《ゆが》んだ。しかし、他の女房たちはそれに気づかず、よく訓練された小鳥のように、耳に心地よい言葉をさえずり出した。

「そうですとも。きっと、皇子がお生まれになりますわ」

「そして、御子は東宮にお立ちになり、帝になられ」

「女御さまは帝の御母上、国母《こくも》となられるのでございますね」

国母。この国の、女性としての頂点。

そこへ至る輝かしい道が、ようやく承香殿の女御の前に拓《ひら》けてきたのである。

「他のお妃がたのくやしがるさまが、目に見えるようですわ」

そう言った女房を、承香殿の女御は軽くたしなめた。

「まあ、そのようなことを口にしては、いけなくってよ」

その言葉とは裏腹に、女御の目は「もっと言って、もっと言って」と催促している。

女房たちも、主人の声なき要請を読み誤りはしない。

「申し訳ございません。ですけれど、女御さま、わたくしたち、嬉しくて嬉しくて」

「ここしばらく、主上《おかみ》は何かと弘徽殿の女御さまばかり、清涼殿《せいりょうでん》にお召しになられておりましたでしょう。それもこれも、主上のお優しさゆえなのでしょうけれど、おかげで、あちらのかたにお仕えしている女房たちが、最近、妙に大きな態度をとるようになって」

「わたくしたち、内心、腹立たしく思っていたところですわ」

「でも、やっぱり、わたくしたちの女御さまがいちばん。神仏もそれをよくよくご存じだからこそ、このたびの吉事となったのですわね」

ほほほ、と承香殿の女御は笑った。そこへ、幼い女童《めのわらわ》が入ってきた。

「おくつろぎのところを失礼いたします。右大臣さまから、お祝いの品々が届きましてございます」

「あら、またなの？」

女御はふうっとため息をついた。

実家のみならず、他の貴族たちからも、毎日のように贈り物が承香殿へ届けられている。だが、それも当たり前といえば当たり前。こういうときにちゃっかり売りこんでおかなくては王朝貴族失格であろう。

「産み月はまだまだ先なのに、みんな、気の早いこと」

承香殿の女御は贈り物攻撃に困惑したふうを装ってそうつぶやいたが、こみあげてくる喜びはまったく隠しきれていなかった。

承香殿がそんなふうであれば、競合相手となる弘徽殿のほうはどんなかというと——弘徽殿の簀子縁《すのこえん》（外に張り出した板縁《いたえん》）にすわり、檜扇《ひおうぎ》を乱暴にもてあそんでいるいとこの姿を目にした途端、夏樹は回れ右をして逃げたくなった。

彼女、いとこの深雪は葡萄《えびぞめ》——表が蘇芳《すおう》（赤紫）、裏が縹《はなだ》（薄い藍色）——の女房装束に身を包んでいた。冬の灰色の空の下、ヤマブドウの実の色を模した装束が、よく映える。が、遠目にはその色彩が、彼女の全身からたち昇る、いらだちの波動であるかのごとく見えたのだ。

引き返そうか、どうしようかと夏樹が本気で迷っていると、深雪のほうから声をかけてきた。

「あら、夏樹。やっと来たのね」

うっ、と夏樹は小さくうめいた。こうなったらもう遅い。逃げたら、あとでもっとひどい目に遭いかねない。仕方なく、彼は市場に牽かれていく子牛の気分で簀子縁に近づいた。

「来たけど……なんの用かな？」

「あら、用がなきゃ呼んじゃいけないの？」

つん、と形のいい鼻をそらして、深雪はそう言った。

美人である。小憎らしいその素振りも、愛らしいと賞賛する公達《きんだち》は大勢いるだろう。が、彼女は宮中において、こういう態度を夏樹以外の人間の前ではけしてさらさない。徹底した猫かぶりなのだ。

伊勢《いせ》の君、との女房名《にょうぼうな》で呼ばれる彼女は、あくまでも才気あふれる魅力的な若女房。乱暴で強引な本性を知る、数少ない存在である夏樹は、その鬱憤晴らしの格好の餌食となっていた。

しかし、彼とて毎度毎度虐げられているばかりではない。今度こそ、不平不満をはっきり言ってやるぞと心に決めてきた。

「いそがしいんだよ。知ってるだろうけど」

言い訳ではなく事実である。まだまだ下っ端だが、夏樹は帝のそば近くに仕える蔵人《くろうど》。その職務は、機密文書の管理から帝の身のまわりの雑務まで、多岐に渡っている。

いとこのささやかな反抗に、深雪は眉をひそめた。たったそれだけで、夏樹は本能的に一歩退いてしまう。幼いときから刷りこまれた力関係は、そう簡単にくつがえるものではない。

「あら、わたしだっていそがしいわよ。だってねえ……今回のこと、弘徽殿の女御さまは何もおっしゃらないけれど、大層お心を痛めていらっしゃることぐらい、わたしたち女房はよっくわかるんですもの。こちらもいろいろと気を遣ってね、ご負担にならないよう、一生懸命、お慰めしてるのよ」

「ああ、うん、そうだろうね……」

やっぱり、そのことかと思いつつ、夏樹は複雑な表情を浮かべた。

承香殿の女御が懐妊したとなれば、弘徽殿の女御は心安らかではいられまい。しかし、近来まれに見るほどよくできた人柄だけに、「くやしい」とか、「ちくしょう、なんであの女が」といったことも、彼女はけして口にしないだろう。それが、深雪のような、弘徽殿に仕える女房たちにとっては不満なのだ。

「ああ、おかわいそうな女御さま……」

深雪はしおらしく、袖で口もとを覆ってため息をついた。

「わたしたちのような腹心の女房にすら、愚痴ひとつおっしゃらずに耐えておられるのよ。せめて、こたびのご懐妊が、おっとりしていらっしゃる藤壺《ふじつぼ》の女御さまとか、位の低い更衣さまたちだったらば、まだしも。よりにもよって、承香殿の女御さまだなんて」

「うん。こちらの女御さまとあちらの女御さまは、何かと比較されがちなお立場だからね」

「そうね。それもしょうがないことだけど、でも、あちらは前々から、弘徽殿の女御さまを敵対視していらっしゃってるじゃない？　それだけにねえ……」

　言葉遣いは丁寧なままだが、深雪の口調に毒っ気が混じり出した。目つきも、きらりと険しさを帯びる。始まったぞ、と夏樹は秘《ひそ》かに身構えた。

「思えば、こたびのご懐妊だって、棚からぼた餅なのよ」

「は？」

「棚からぼた餅。ほら、ここのところ、ずうっと主上はうちの女御さまばかりをご寵愛されておられたじゃない？」

「うん。そうだね」

「もちろん、それは当然のことなのだけれど。でも、後宮の調和とかを考えると、ひとりのおかたに露骨に愛情が集中するのも、困りものじゃない？　わたしたちは困らないけれどね、世間がうるさいのよ。世間が。主上はその点までも深くお考えになられて、ときっどきは承香殿の女御さまを清涼殿へお召しになっていたわけなのよ。仕方なくね」

　深雪はわざわざ『ときっどき』『仕方なくなく』と強調した。その論理展開は強引だし、事実に反しているような気がしたが、夏樹は保身のため、間違いを指摘するのはやめておき、むしろ話を彼女に合わせていった。

「つまり、その、承香殿の女御さまのご懐妊は、弘徽殿の女御さまのおかげでもあると」

「そうよ。こう言っちゃあ、なんだけど、うちの女御さまのおこぼれにあずかったようなものよ」

　夏樹は頭をかかえた。

「いくらなんでも、その言いようはちょっと……」

「だって、くやしいじゃないのよ！」

　深雪は檜扇でばしりと簀子縁の勾欄《こうらん》（手すり）を叩《たた》いた。檜扇がしなる。勾欄もしなる。夏樹は自分が殴られたかのように身をすくめた。

「み、深雪」

「ああ、目に浮かぶようだわ！　いまごろ、あちらはおべっか遣いの上手な女房たちに囲まれて、得意満面、そっくり返って笑ってらっしゃるのよ!!」

　大当たりだったが、神ならぬ身の夏樹にわかるはずもない。

「いや、それは悪く考えすぎじゃ」

「なによ、夏樹はむこうの肩を持つ気？」

「そういうわけじゃないけどさ、ほら、ご懐妊自体はおめでたいことなんだし、ここは広ぉい気持ちでお祝いしてさ。弘徽殿の女御さまだって、いずれは御子に恵まれるかもしれないんだし」

「だとしても、それまで右大臣側の連中が幅を利かすのかと思うと、無性に腹が立つのよ。ああ、もう、呪ってやろうかしら」

「おいおい」

聞き捨てならぬ発言に、夏樹はあわてた。

「そりゃ、まずいよ。絶対にまずい」

「言ってみただけよ。本当にやるわけないじゃない。夏樹ったら、わたしのことをそんな女だと思っていたわけ？」

思う、と言いかけ、夏樹はかろうじて別の言葉にすり替えた。

「そうじゃないって。落ち着けって言いたいだけだってば。何も、皇子がお生まれになると決まったわけじゃなし」

いとこの気を鎮めたい一心で口にした言葉が、意外に功を奏した。

「……それもそうね」

激昂《げっこう》していた深雪の表情が、ころりと変わる。

「姫宮がお生まれになったなら、後宮の勢力争いにもそれほど影響はないかも。その間に、うちの女御さまが世継ぎの皇子をお生みになれば、なぁんの問題もないんだわ」

「そうだよ、そうだよ」

そうはうまくいくまいと思えど、事を丸くおさめたくて、夏樹は何度も首を縦に振った。深雪はふふっと檜扇の陰でご満悦の笑みを洩《も》らす。

「そうよ、まだ勝敗は決まったわけじゃあなくってよ……」

何やら不穏な響きのする台詞だ。今度は何を考えついたのだろうと夏樹がはらはらしていると、深雪はまたとんでもないことを言い出した。

「ねえ。誰に聞いたかも忘れちゃったんだけど、変成《へんにょう》なんとかの術っていうのがあるって知ってる？」

「変……なんとか？」

深雪は悪だくみでもするかのように声を落とした。顔も、悪い顔になっている。

「おなかの中の赤ん坊を、女の子から男の子に変化させるって術よ。そんなことができるのなら、逆もまた可能なはずでしょう？　ぜひとも、一条《いちじょう》どのにお願いして……」

夏樹の友人、若き陰陽師《おんみょうじ》の卵の名を持ちだしてくる。

どこまで本気なんだか、と夏樹は苦笑した。

「無理だと思うぞ。それってどうも嘘《うそ》くさいし、仮にそんな術があったとしてもだな、一条は絶対に請け負わないって」

「それもそうよね」

言った当人も本気ではなかったらしく、あっさりと引き下がる。ああ、とため息をついて深雪は天を仰いだ。

「これぱっかりは、誰にもどうにもできないんだもの。わたしたちはひたすら神仏にお祈りするしかないんだわ」

「……お祈りならともかく、呪うなよ。頼むから」

念のために駄目押しすると、深雪の檜扇がうなりをあげて飛んできた。


いとこ相手に言うだけ言って、ようやく胸のつかえが下りたのか、深雪はやっと夏樹を解放してくれた。

正直、疲れた。

深雪と話していると、宮仕えとはまた違う神経を遣う。凶暴な檜扇がいつ飛んでくるかと、無意識に身構えてしまうのだ。深雪は夏樹で鬱憤を晴らすからいいとして、夏樹自身はどうやって譲り受けた鬱憤を晴らすべきか。

（誰かに愚痴っちゃいたいかな……）

そんな気持ちで、彼はふらふらと滝口《たきぐち》の陣へと寄り道していった。

滝口の陣とは、御所の警固を務める滝口の武士たちの詰め所である。夏樹には、その武士の中に懇意にしてくれている者がいた。

彼がいますようにと願いつつ陣を覗くと、運のいいことに、お目当ての人物はいた。

こちらに背を向け、同僚たちと楽しげに話しこんでいる。

「弘季《ひろすえ》どの」

夏樹の呼びかけに応じて、壮年の武士が振り返った。いかにも武士らしい、いかつい顔立ちだが、ふっと笑うと一変して優しい顔になる。

「新蔵人《しんくろうど》どの」

弘季は夏樹を職名で呼んだ。身分差をわきまえてのことだが、卑屈な感じはまったくない。夏樹も弘季の顔を見ただけでホッとして、無意識に笑みがこぼれる。

「あ、おいそがしいようでしたら……」

「いやいや、いそがしいなどと。ご覧の通り、むさ苦しい連中と他愛《たわい》もない話に興じていたところですよ」

謙遜でもなんでもなく、弘季の言う通り、陣はむさ苦しい侍ばかり。やわに育った普通の貴族の子息なら、強面《こわもて》の彼らに抵抗をおぼえたかもしれない。

夏樹にとっては、かえって気が楽だった。華やかな御所での日々は張り合いがあるが、田舎《いなか》暮らしの長かった彼には気疲れする場面も多い。いとこの深雪は意地悪だし、たまには、気さくな弘季相手にゆっくり話をしてみたくもなる。

歳《とし》は親子ほども離れており、共通の話題が特にあるわけでもないのだが、彼と顔を合わせていると、なんとなく安心するのだ。もしかしたら、遠い周防国《すおうのくに》にいて長く逢《あ》えずにいる父親と、弘季を重ね合わせているのかもしれない。

「ときに、どうかなさいましたか、新蔵人どの？」

「あ、いえいえ。たまたま近くを通ったまでで」

同僚と話をしているのなら遠慮しようかと夏樹は行きかけたが、弘季はわざわざ陣の外まで出てきてくれた。

「すみません。なんだか、お邪魔をしたようで」

「いや、わたしも少しは息抜きしたかったものですからね」

夏樹は恐縮するばかりで、自分が第三者からどう見られているか、まったく気づいていない。

たとえば、蔵人という地位にありながら、少しも驕《おご》り高ぶっていない点。当人はこの職を得たのも運がよかっただけと思っているが、普通はそういくまい。貴族といえば、親の七光を当然のこととみなし、ろくな努力もせずに威張りちらしている者がほとんどなのだから。

さらに、少年らしいはにかみと、さわやかな印象を与える整った容貌がしっくり合って、なかなか目にも好ましかった。正直、夏樹のような若者が陣まで自分を訪ねてくることが、弘季にとってはちょっとした自慢でもあったのだ。

「新蔵人どのはお疲れのようですが、どうかされましたか？」

「いえ、また、いとこにいじめられましてね」

夏樹は苦笑し、やんわりとした表現を用いた。檜扇で殴られたなどとは、口が裂けても言えない。

「承香殿の女御さまのご懐妊で、いとこもいろいろと気をもんでいるらしくて、鬱憤晴らしに使われてしまったというわけですよ」

「ああ。いとこどのは、弘徽殿の女房でいらっしゃいましたね。それはまあ、無理からぬことでしょう。後宮で争いが絶えないのは、いつの時代でも変わりませんし、ご懐妊ともなれば、なおさら」

「おめでたいことなんですけれどね。主上にはまだ、お世継ぎがいらっしゃらないし」

「ええ、そうですとも。臣下として慶《よろこ》ばなくては。実は、わたくしもささやかながら、承香殿の女御さまのご実家にお祝いの品をお贈りしようと思いましてね。あちらには、以前、お世話になりましたから……大臣《おとど》のお口添えで、いまの職を得ましたので」

「そうだったんですか」

初めて知らされた事実に夏樹は少々戸惑いをおぼえた。

右大臣家および承香殿の女御と、夏樹自身は直接の繫《つな》がりはない。深雪とのからみで、弘徽殿および左大臣家と関わることのほうが多かった。

そうなるとどうしても、両陣営を公平に見るのが難しくなる。まして、夏樹は表沙汰にならなかった承香殿の悪事をいくつか見知っているのだ。

たとえば、二年近く前に御所内で起こった女房の殺害事件。そもそもの原因は、承香殿側の人間が、梨壺《なしつぼ》の更衣の生んだ皇子を呪殺《じゅさつ》したことにあった。他にも、弘徽殿の女御を呪ったり、なんとしても皇子を生もうと怪しげな術者をひきこんだりと、承香殿の女御はこれまでにもいろいろと厄介事を起こしてくれたのである。

この時代、政敵への呪詛《じゅそ》は珍しくもなかったが、にしても懲りない女御さまである。それだけ権力に貪欲であるというか、生きることに前向きというか。

そんな承香殿の女御だ。皇子を生んだ暁には、他の妃を追い落とし、後宮を牛耳り、果ては国政に口出しするようにもなりかねない。

（まあ、あの主上が右大臣家の好き勝手にはさせないと思うけれど。うん、たぶん。たぶんね。でも、妃の色香に迷ってとか、もしくは、尻に敷かれたあげく、何もかもいやになられて『運命の姫君を探しに行くぞ！』ってことにでも……。そうならないよう祈りたいなぁ）

いまはただ、希望的観測にすがるしかない。深雪にも言ったように、まだ世継ぎの皇子が誕生すると決まったわけではないのだから。

夏樹は胸の底に不安を押し隠して、弘季に微笑みかけた。

「右大臣さまと懇意にされておられるとは知りませんでした。では、わたしがさっき言ったことは忘れてくださいね」

「承知しておりますとも」

弘季なら告げ口される心配もない。右大臣と繋がりがあろうとも、公平な考えのできる人物だ。そう、夏樹は確信していた。

「ああ、そうだ。それでですね。近々、祝いの品を携えてわたしの息子が上洛《じょうらく》してくるのですよ」

「ご子息が？」

「ええ。ひさしぶりの親子対面になります」

弘季は嬉しそうに相好《そうごう》を崩した。どれだけ長く息子と離れていたか、再会をどれだけ心待ちにしているか、その表情だけでうかがい知れた。

「歳も同じぐらいですし、ぜひとも新蔵人どのにお引き合わせしたい。数日中には都に到着するでしょうから、そのときはぜひ、わが家へお越しください」

もちろん、夏樹は笑顔で即答した。

「ええ、喜んで」


貴族の豪華な邸宅の一室で、若い娘がふたり、舞いを披露していた。

　笛の音《ね》に合わせ、翻る白い袖は水干《すいかん》。危なげなく裾さばきしていく紅《くれない》の袴《はかま》。立烏帽子《たてえぼ》子《し》を頭上に戴《いただ》いてはいるが、豊かな黒髪は結われることなく、優雅に背中を流れている。彼女らは、男装して舞う白拍子だった。

片や、十七、八と思われる美女。片や、十二歳ぐらいの愛らしい少女。

姉妹なのかもしれないが、あまり似てはいない。舞いも、年長者のほうが遥《はる》かに長《た》けていた。しかし、幼い少女のほうも共演者の足をひっぱるまいと懸命に舞っている。そのひたむきさがまた、かわいらしい。

頭に烏帽子、腰には太刀《たち》という勇ましい姿も、可憐《かれん》な美少女となると妖《あや》しい魅力が醸し出される。観客の女房たちは目を細め、白拍子たちの美しい舞いを堪能していた。

しかし、この邸《やしき》の主人――定信《さだのぶ》の中納言はろくに彼女らを見もせず、ひたすら盃《はい》を重ねていた。

　このところ、彼は不運な目にばかり遭ってきた。積み重なった心労は顔にはっきりと表れている。肌はくすみ、目の下はクマで縁取られ、以前は容姿も家柄も申し分ない公達として、御所の女房たちを騒がせていたのに、その美貌もかげり気味だ。

　そこへ、さらに追い討ちをかけるような事態が発生してしまった。承香殿の女御の懐妊である。

　定信は左大臣の息子。弘徽殿の女御の実兄である。いわば、父の七光、妹の七光でいままで世を渡ってきた。

彼自身もけして愚かなわけではないが、恵まれた環境にあぐらをかいて、たいした努力もしていなかった点は否めず、当人もその自覚があった。政局が代わった際、純粋におのれひとりの力で泳ぎきっていけるのかと自問すれば、はなはだ心もとないと言わざるを得ない。

こたびの懐妊はことによれば、定信の将来に大きく関わってきかねないのだ。そう、もしも皇子が生まれ、その子が東宮になれば、権力は自然と、政敵である右大臣家に移行してしまう。

定信の手ではくつがえしようがない。脳裏に浮かぶのは失墜の未来ばかりだ。

定信は重いため息をつき、空になった酒盃《しゅはい》を隣にいた女房に突き出した。白拍子の舞いに見とれていた女房はハッとし、あわてて酒を注ぐ。

盃《さかずき》に満たされた酒を、定信はただあおる。せっかくの美酒を味わいもしない。気がふさぎがちな彼を慰めようと、家人《けにん》が呼んだ白拍子の舞いにも目もくれない。

それでも、白拍子は最高の舞いを披露してくれた。

鼓がひときわ高く鳴り響いて、沈黙する。華やかに翻っていた、白鳥《しらとり》のような袖が静かに下がる。

幼い少女の頬は紅潮し、息遣いも荒く、胸飾りの菊綴《きくとじ》が盛んに上下していた。失敗なく舞えたとの安堵感が、汗の浮いたその顔に表れている。彼女のそんなひたむきな様子は、観客の笑みを誘った。

年長者のほうはいたって落ち着いている。息も乱さず、汗もほとんどかかず、舞い終わったあとも凛《りん》としている。そのさまが、男装とあいまって、また美しい。若い女房などは、相手が同性だということも忘れて、うっとりと熱い視線を送っている。

が、年長の白拍子は定信以外の者には見向きもしなかった。少女のほうは舞い終えて、伴奏者たちとともに座を離れたのに、彼女だけはすっと定信の前へ進み出る。

「盃が、もう空になっておりますわ」

白拍子が酒器を差し出すので、定信は反射的に盃を向けた。酒量が進んでいるせいで、その手つきはかなり、おぼつかなげだ。そろそろ飲むのをやめたほうがいいとわかっていても、自制がきかない。今宵《こよい》も、酒で不安を紛らわせ、泥のように眠ることになるのだろう。

定信が注がれた酒を飲み干して顔を上げると、真正面から白拍子と視線が合った。

彼女は微笑んでいた。媚《こ》びてもいなければ、酔った男を嘲っている気配もない。何を考えているのか、わからない。ためらいもなく覗きこんでくる黒目がちの瞳に、吸いこまれてしまいそうだ。

舞いには全然無関心だった定信も、その瞳の力には抗《あらが》えなかった。

まわりの女房たちは気を利かせ、そっと退室していく。そもそも、白拍子の訪問自体が、滅入《めい》りがちな主人を慰めようと家人たちが計らったことだったのだし、この展開は当然ともいえた。

半刻《はんとき》（約一時間）後、明かりの消された寝所で、起きあがった定信はしきりに首をひねっていた。

どうしてまた、こんなことになったのか。酔った上でのこととはいえ、彼はどこか釈然としなかった。

彼自身の好みはもう少し歳のいった、いかにも女らしい女だ。白拍子の娘も確かに美しかったが、まだ歳若く、男装していたせいか、中性っぽい印象を受けたのである。

「明かりを、おつけいたしましょうか？」

傍らに臥《ふ》していた白拍子がそう言いつつ、身を起こした。定信の返事を待たずに、彼女は単衣《ひとえ》を羽織り、燈台《とうだい》に火をともす。

小さな炎が、彼女の顔を照らし出した。黒目がちの瞳に揺れる明かりが反射している。

そして、謎めいた微笑。

この目とこの笑みだ、と定信は思い当たった。

宮廷女房の憧れの君と謳われ、さまざまな浮き名を流してきた彼が、年端もいかない白拍子に微笑みかけられただけで、ふらふらと引き寄せられてしまった――彼にしてみれば、妖しい術にかかったとしか考えられない。

長い髪を指で梳《す》きながら、彼女は魅惑的な声でささやいた。

「お心にかかることがおありのようですのね、中納言さま」

身分の低い旅の白拍子相手に、本当の胸の内など明かしたくない。そこまで落ちぶれてはいない。……と、思っているくせに、定信はうなずいてしまった。

「いろいろ、あるのだ」

「そうでございましょうとも。雲の上のおかたのお悩み事は、わたくしどもにはわかりかねますが……。おそらく、いまいちばんのお悩みの種は、承香殿の女御さまのご懐妊でございましょう？」

ずばり言い当てられて、定信の表情が動いた。白拍子はそれで得意がるでもなく、淡々と言葉を続ける。

「もしも、皇子がご誕生あそばせば、左大臣さま、そのご子息の中納言さま、弘徽殿の女御さま、他にも多くのかたがたがお困りになられるはず……。それくらい、わたくしのような者にもわかりますとも。わたくしたち、東国からこの京の都へと参りましたが、その途中でも、お祝いの品々を携えて上洛されるご一行と行きあいましたわ。都の殿《てん》上人《じょうびと》のみならず、おそらく、いろんな国々から、そういったふうに続々とお祝いが届けられておられるのでしょうね」

語りながら、彼女は目線をはずさない。定信のほうが息苦しくなって、白拍子のまなざしから身を引き剝がすように横を向いた。

「あまり、楽しい話ではないな」

「そうでございましょうとも。ですが、吉凶はあざなえる縄のごとしと申します」

視線が離れても、彼女のささやきは離れない。静かに忍び寄って、定信をからめとろうとする。蜘蛛《くも》の糸のように。

「大貴族の姫君としてお生まれになり、入内され、主上にご寵愛されて、御子をお宿しなさるとは、承香殿の女御さまはなんとご強運なおかたでしょう。とはいえ……この先、ご無事にご出産あそばすかどうかは、誰にもわからぬことですもの」

言の葉にこめられた不穏な響きに、定信は内心、ぎょっとした。

「まあ、それはそうだが、右大臣家《あちら》では安産祈願も幾度となく行っておられるだろうし、承香殿の女御さまは心身ともにご壮健なおかただから、まず心配はあるまい」

動揺を隠して、彼は無難に言い繕った。承香殿の無事な出産などまったく望んでいなかったが、そんな本音をたった一夜の相手に吐露したりなどさすがにできない。うっかり洩らしたひと言で、すべてを台なしにしてしまうこともあり得るのだ。

白拍子は小さく声をたてて笑った。

「お優しい中納言さま。わたくしでしたら、わが身の栄達にどう影響が及ぶかと気にかかって、居ても立ってもいられませんのに」

「いやいや。主上にはいまだ御子がおられないゆえ、こたびのご懐妊は本当にめでたいことだと思っているよ」

「ええ、その通りでございますわね」

白拍子の手が、定信の両肩にかかった。背後から抱くように、彼女は身を寄せてくる。その唇が、耳もとでささやく。

「弘徽殿の女御さまがご懐妊なされればよろしかったのに……」

ははは、と定信は短く笑い飛ばした。

「それはそうだな。だが、妹もまだまだ若い。機会はあるとも」

「ええ。承香殿の女御さまより、弘徽殿の女御さまがお先に皇子をお生みになれば、なんの障りもございません。たとえば、お生まれになった御子が姫宮であらせられたり……ご運つたなく流れてしまわれたりすれば」

定信の肩がびくんと震えた。背を向けていたため顔は見られずに済んだが、肩の震えは間違いなく白拍子に伝わっただろう。そのことに、彼はひどく狼狽《ろうばい》した。

「怖いことを言う娘だ」

気持ちをごまかそうとして、定信は口調を強めた。

「まるで、承香殿の女御さまを呪ってでもいるかのように聞こえるぞ」

「わたくしはただの白拍子ですもの。仮に誰かを呪いたくとも、そのような力は持ち合わせておりませんわ。でも——長い旅暮らしで、いろんなものを見聞きしてまいりました。妖しい技に長けた術師も存じております」

まるで、政敵の呪殺を勧めているような口ぶりだ。危険なものを感じた定信は、娘を黙らせようと振り返った。それが、いけなかった。

印象的な瞳を、再び真っ向から覗いてしまったのだ。

「憎うございましょう。中納言さまの地位をおびやかす右大臣家の一派が。妹君よりも先に御子を生みまいらせる承香殿の女御さまが」

白拍子の言葉が耳から染み渡り、定信の全身を侵していく。無意識に首を縦に振ってしまう。この成り行きにただ仰天するばかりで、定信はまともに考えることもできなくなっていた。なのに、口が動く。

「それは……もう……」

肯定のつぶやきを呑《の》みこもうとしても、もう遅い。

「わたくしにお任せになって」

白拍子の腕が、定信にからみついてきた。定信はのろのろと両手をあげ、少年のようにしなやかな白拍子の身体を抱きとめた。

艶っぽい気持ちは、彼の中にもうない。そもそも、最初からなかったのに、白拍子の目の力にどうしても逆らえず、寝所に引き入れてしまったのだ。

あの目が間近から見上げている。定信は微《かす》かに身震いし、何か言わねばと、今度は自分の意志で口を開いた。何か——さっきのつぶやきは冗談だよと笑ってみせるか、そんな呪詛のような恐ろしいことは考えてもいないぞと憤慨してみせるか。

しかし、口をついて出たのはまったく違う言葉。

「おまえ、名はなんと……」

相手の素性を何も知らないことに、いまさらながら気づいたがための問いだ。が、

「わたくしに名はございませんの」

彼女はそのことを、まるで誇るかのように告げたのだった。


同じ頃、平安京《へいあんきょう》の東北に位置する斎院《さいいん》御所で。

賀茂《かも》の斎院を務める馨《かおる》は、廂《ひさし》の間の蔀戸《しとみど》から顔を出して、夜空を見上げていた。

昼間の雲はつかの間晴れて、凍《い》てつくような冬の星々が瞬いている。曇りがちだった最近では珍しいことだ。

だからだろうか。彼女はもうずっと、夜風に身体が冷えていくのも厭《いと》わず、窓辺にたたずんでいる。

「まあ、宮さま。またそのように端近《はしぢか》にお立ちになられて」

お付きの女房があわてて飛んできて、殿舎の奥へ入るよう勧めた。そう言われるのも無理はない。高貴な女性はひと目に触れぬよう、常に屋内深くにひきこもっているもの。蔀戸から無防備に顔を出すなど、もってのほかである。

まして、馨は今上帝の妹。この上なく高貴な血筋の内親王だ。賀茂神社に仕える巫女《みこ》姫《ひめ》、賀茂の斎院でもある。

賀茂の斎院は、伊勢《いせ》の斎宮《さいぐう》と並ぶ、神聖な存在。代々、未婚の姫君がその任にあたり、皇城《こうじょう》鎮護のために神に仕えることを職務とする。

なれば、さぞや美しく神秘的な姫なのだろうと、誰しもが思うであろう。確かに美しい。神秘的な雰囲気も充分兼ね備えている。むしろ神秘的すぎて、常識が通用しないといった傾向があった。

平然と星を見上げていたことにも、それは充分に表れている。さらに、床につくほど長く丈なす黒髪がこの時代の美女の必須条件だというのに、馨の髪は背中のなかばをすぎる程度にしか伸びていなかった。

これでも、まだ伸びたほうだ。以前は、もっと短かった。男装するためには邪魔だとばかりに、彼女自ら、長かった髪を切り落としたのである。

幼い頃に賀茂の斎院に立ち、それからずっと神聖な巫女姫として特殊な環境で育てられてきた。普通の内親王とも、どこか規格外れになってしまったのは否めない。もっとも、それは当人の生まれもった性格のせいもあるだろう。

「邪魔をするな。どうせ、こんな夜中、誰にも見られはしない」

女房に対し、姫君らしくない口調で言い返す。しかし、女房も負けてはいない。

「ですが、宮さまが鬼にさらわれでもいたしましたら、どうなさいますか」

「鬼？」

ふっと馨は笑った。

「聖域であるこの斎院御所に、そのような悪《あ》しきモノが入れるわけがない。ましてや、わたしをさらう酔狂な鬼などこの世にはおるまいて。それより、今宵の星は面白いぞ。見ていて、わくわくする」

「宮さま……陰陽師でもありませんのに、星占《ほしうら》がおできになりますの？」

「できるとも、簡単だ」

馨は片手をまっすぐに伸ばして夜空の一角を指差した。

「東から何か来る。それも、哀《かな》しみと災いをもたらしに」

「まあ、恐ろしい」

女房は本気でおびえ、顔を袖で覆った。

「賀茂の斎院ともあろうおかたが、そのような禍《まが》つ言《ごと》をお口になさっては……」

「なんの。何を恐れることがある」

馨は堂々と胸を張って言い切った。

「たとえ、どのような災いがやってこようとも、わたしは恐れない。皇城鎮護のためには、この身をも捨てる覚悟だ」

「宮さま……」

力強く断言されて、女房は感動に目を潤ませた。

「なんと頼もしい……」

「当然だ。わたしは賀茂の斎院。阿礼乎止女《あれおとめ》とも、御杖代《みつえしろ》とも呼ばれた、神聖なる斎王《いつきのみこ》なのだぞ。たとえ、死すとも」

女房はあわてて首を横に振った。

「まあ、いけませんわ。斎院たるおかたは、そういう場合、『死す』ではなく『直る』とおっしゃらねば」

神に仕える斎王は穢《けが》れた言葉を口にしてはならないとされ、忌《い》み詞《ことば》として別の用語に言い換えなくてはならなかった。

「む。そうであった。たとえ、直ろうとも、多くの血を流そうとも……」

しかし、そこにも女房の訂正が入る。

「宮さま、『血』ではなく『汗』とおっしゃらねばなりませぬ」

「むむ。そうであった。汗を流そうとも、武運つたなく倒れ伏し、墓に……」

「『墓』は『壊《つちくれ》』でございますよ」

「むむ——」

「ちなみに、『僧侶』は『髪長《かみなが》』と言い換えなくてはなりません。もちろん、ご存じでしょうけれども、念のため申しあげておきますわね」

ゆるぎない自信をもって、高らかに斎院の別名を謳いあげていた馨も、女房から忌み詞の指摘を次々と受けて渋い顔になった。ややあって、ぽつりとつぶやく。

「斎院とは……不自由なものよ……」

そう言いつつも、型にはまろうとはしない。さすがは帝の妹。あの兄にして、この妹あり、であった。

質素な家ではある。庭も、お世辞にも広いとは言えない。

が、その空間も上手に竹が配置されてあり、狭苦しさはさほど感じられなかった。

青々とした笹《ささ》の葉に霜が降りているのも、また風情がある。夏樹は簀子縁《すのこえん》を歩きながら、目を細めて庭をみつめた。

「いつもながら、趣味のよいお庭ですね」

「いや、お恥ずかしい。狭いところで」

口ではそう言うものの、弘季《ひろすえ》は素直に喜びを顔に表した。当人も、実はこの家が自慢なのだろう。

主婦のいない男所帯は荒れやすいという話を夏樹も小耳にはさんだことはあるが、弘季の邸《やしき》にそれは当てはまらなかった。内も外も予想外にきれいで、夏樹は「弘季どのらしい」と秘《ひそ》かに納得したものである。

「息子を呼んでまいります。少々、こちらでお待ちください。どうぞ、あのいちばん暖かいところにおすわりになって」

弘季に勧められるまま、夏樹は母屋《もや》の中に用意された席についた。火桶《ひおけ》のすぐ横で、暖かい。部屋には、奥ゆかしげに香が焚《た》かれてある。気遣ってもらえているんだなと、夏樹は嬉《うれ》しくなった。

本日は「東国から上洛《じょうらく》してきた息子に逢《あ》わせましょう」と言われ、弘季の邸宅を訪れたのである。

東国から来た、同い年の少年。あの弘季の息子。きっと、りりしい若武者なんだろうなと夏樹は空想をたくましくしながら、手のひらを火桶であぶった。

今日も寒い。雪はまだ降っていないが、空は一面、真っ白で、草を踏むと霜がじゃりじゃり鳴るほどだった。

火桶のおかげで次第に指先が温まっていく。しかし、背中が冷えるのが欠点だった。この時代の家屋は高温多湿な都の夏を基準にして建てられており、隙間風が吹きこんでくるのは、どうしても避けられない。

ただでさえ冷える背中が、隙間風の通り道に面していた。どこから風が吹いてくるのだろうと夏樹は周囲を見廻《みまわ》し、その源を発見した。簀子縁に面した遣戸《やりど》がきちんと閉まっておらず、少しの隙間から寒風が吹きこんでいたのだ。

夏樹は立ちあがり、遣戸を閉めようとして、手を止めた。風ばかりか、外での微《かす》かな会話が洩《も》れ聞こえてくる。

「しかし……」

気が進まぬ様子で、何事かをつぶやいている若者の声。

「いや、新蔵人《しんくろうど》どのはそういうおかたではないから……」

もうひとりの声は、弘季のものだった。夏樹の官職名が会話に出ている。しかも、若いほうは何事かを渋っている雰囲気。察するに、弘季の息子は夏樹との対面をいやがっているようだ。

まあ、そうだろうなと、夏樹はひとり、うなずいた。

中流どころの出身とはいえ貴族、末席とはいえ宮仕えの蔵人。歳《とし》が同じだからとの、たったそれだけの共通点で引き合わされるのも迷惑なはずだ。

夏樹はそっと遣戸を閉めると、火桶の脇の席へ抜き足差し足で戻った。隙間風は吹きこまなくなったが、やっぱり背中は冷える。ついつい前屈《まえかが》みになりつつ、

(息子さんも早くあきらめて来てくれないかなぁ)

と、待つことしばし。ようやく、母屋に弘季親子が現れた。

「息子の季長《すえなが》です」

夏樹の斜め前の円座《わろうだ》にすわった少年は、なるほど、よく見れば父親と似ていた。が、夏樹が想像していた息子像とはちょっと違った。

太い眉に、意志の強そうなまなざし。もっと無骨な感じを思い描いていたのだが、なかなかどうして、見目よき若者である。

侍烏帽子《さむらいえぼし》に直垂《ひたたれ》といった、武士らしい装束も着慣れたもの。馬上からの射的——流鏑馬《やぶさめ》などさせたら、それこそ絵になるだろう。

夏樹はひと目見た途端、好意を持ったが、相手は愛想も何もなく、厳しい表情で睨《にら》み返してくる。

嫌われたのか、それとも緊張しているだけなのか。後者だといいなと願いつつ、夏樹は精いっぱい優しい声で話しかけた。

「はじめまして。大江夏樹と申します。弘季どのにはいつもお世話になっております」

相手は特徴的な眉を、一瞬、驚いたように上げた。もっと居丈高な態度で接してくるものと思いこんでいたようだ。

「季長、で、ございます……」

口ごもりつつ、頭をぐっと下げる。どうやら睨んでいたのではなく、必要以上に身構えていただけらしい。彼の生真面目《きまじめ》な性格が、そんなところに如実に表れていた。

(まっすぐに伸びた青竹、といったところかな?)

冬枯れの景色の中でも青さを失わない竹を思い描き、目の前の若武者の背景に配置してみる。これがまた似合う。

仲よくなりたい。そのためにも、どうにかして気を楽にしてはもらえまいか。

そう思った夏樹は、自分のほうから積極的に話しかけてみた。

「そこ、寒くないですか？　ぼくだけ火にあたっているというのも気がひけます。よろしかったら、どうぞこちらへ」

そう言うと、季長はまた驚いた顔になった。どうしたものかと救いを求めるように父親を振り返る。弘季は、「では、遠慮なく」と腰を上げる。

「父上……」

「ほら、新蔵人どのもああおっしゃっておられるのだから」

季長はうろたえながらも円座を火桶のそばに寄せてすわり直した。

近くにいると、直垂に包まれた季長の身体《からだ》はよく鍛錬されたものであることが布越しに見て取れた。その立派な身体を緊張に堅くさせている。

弘季は息子のあからさまな態度に笑いをこらえている。夏樹はというと、純朴な季長をいじめているようで申し訳ない気持ちになってしまった。

「はるばる東国から来られて、さぞやお疲れでしょうね」

「いえ」

季長は短く応え、これだけでは無礼だろうと思い直したように付け加えた。

「都に着いたのは二日前ですから、旅の疲れはもう」

「二日でもうお元気とはうらやましい。ぼく自身が東国から帰ってきた折は、もうくたくたで、一日二日ではとても疲れがとれませんでしたよ」

「東国にお越しになられたことがおありで？」

一瞬、夏樹はしまったと思った。東国へ下向《げこう》した件は――彼の中では秘するべきことだったのに、うっかり口が滑ってしまったのだ。

「ええ、まあ」

夏樹は曖昧にうなずいて、火桶に視線を落とした。あれからもう一年以上が経《た》っている。思い出せば胸が痛いが、それでもその痛みはかなり小さなものになった。火桶の中の熾火《おきび》のように。

「懐かしいです。よろしかったら、道中でのお話など、聞かせてもらいたい」

平気な顔でそう言えるようになった自分が、少し誇らしかった。と同時に、こんなのはただの自己満足かもと気恥ずかしくなる。

「わたくしの話など……」

季長は恐縮しながら、ぽつぽつと語り出した。夏樹の知っている街道の名前、見たかもしれない景色が話に出てくると、夏樹は本当に懐かしくなってきた。

「――途中でみぞれが降り出してきたのには参りました。荷に何事かあったら、父にどのような目に遭わされるか、わかったものではありませんから」

「それはそうとも。何事かあっては大弱りだ」

と、弘季が口をはさむ。

「こたびの献上の品は、特別なのだぞ。中でも、わが家の家宝、他のものはともかく、あれだけは替えがきかないのだから」

「家宝？」

夏樹が興味を示すと、弘季はいかつい顔をほころばせた。

「よろしければ、お見せいたしましょうか。季長、あれを持ってきてくれないか」

「はっ」

父の言葉に素直に従って、季長はいったん退席し、木箱を携えて戻ってきた。かなり古いものなのだろう、箱は飴《あめ》色に変色している。蓋の表面に文字が書かれているが、達筆すぎて全然読み取れない。

「これがわが家に代々伝わる秘宝でございます。都でも滅多に手に入りますまい」

弘季が自慢そうに言いながら、蓋を取る。中に敷き詰められた布のくるみを広げると、家宝がようやく現れた。

それは一本の角だった。

長さは七寸（約二十一センチ）ほど。根もとは茶色がかっているが、全体的には白っぽい。動物の角だろうが、それが何かというところまでは夏樹にはわからない。滅多に手に入らないと言うからには、普通にそこらにいるような動物ではないだろうが……。

弘季の説明は、その予想を肯定するものだった。

「これは犀角《さいかく》でございます」

「犀角？」

文字通り、犀の角。あの、熱帯地方に棲息《せいそく》するサイのことだ。

サイの角は束帯《そくたい》の石帯《せきたい》といった装飾品、および盃《さかずき》などの容器に加工して用いられてきた。漢方では、粉末が薬用に。さらには魔よけにもなるというのだ。

特に、王朝貴族の御湯殿《おゆどの》の儀（産湯）のときの魔よけ、および新生児の護身具として、虎の頭の作り物と並び、欠かせないものとなっていた。

おそらく、現物のサイなど見たことがないひとびとにも、その堂々たる巨獣ぶりは話として伝わっていたのだろう。犀角には、水気《すいき》を避け、邪気を祓《はら》い、毒を消し、心気を鎮める効き目があるとまで言われていた。

ただし、ものがものだけに、そう簡単に手に入りはしない。同じく新生児の魔よけとなるといわれた虎の頭もしかり。よって、犀角においては、沈《じん》、榎《えのき》、桑などの木材を彫刻し、それらしく仕立てたものを用いる例が多かった。

夏樹の目の前にあるものは、木でできた工芸品の犀角ではない。本物の角だ。

「本物を見るのは……初めてかもしれません」

「そうでしょうとも。まして、これほど美しく立派な角は、他にはありません。わが家に伝わる話では、先祖が遠国で仕留めた犀の角だということになってはいますがね。まさかそんなはずはないでしょうから、実際はどこからか買い付けたのでしょうけれど、品は本物です」

出産の祝いとして、これほどふさわしい品はあるまい。なるほど、と夏樹はうなずいた。

「右大臣さまはさぞや、お喜びになられるでしょう」

「そうであっていただきたい。まあ、その際に息子の仕官もお願いいたそうかと、いささか不純な動機もございますが」

父親の台詞《せりふ》に、季長はわずかに顔を曇らせた。それを目に留め、夏樹はおやっと思った。

（仕官がいやなのかな？）

だとしたら、ある程度の共感はできた。夏樹自身、貴族間での駆け引きが苦手で、宮仕えを重荷に感じることはしばしばある。殊に、いとこにどつきまわされたり、誰とは言わないが自称〈愛の狩人《かりゆうど》〉に引きずりまわされたりすると「宮仕えなんて、もういやだ！」と叫びたくもなる。

そんな複雑な思いを、夏樹は微笑の裏に押し隠した。

「季長どの、御所にあがるようになったら、またお声をかけてください。これを機会に、仲よくしていただきたい」

季長は目を見張った。貴族の子息ということで、よっぽど悪い想像をしていたのだろう。それがことごとく覆されたわけだ。

（って、本当に覆っているかな。自信はないけれど……）

当人はそう思っていたが、案ずる必要はまったくなかった。

夏樹が弘季宅を去ったあと、季長は正直な感想を父親に洩らしていたのだ。

「近衛《このえ》から蔵人に大抜擢《だいばってき》された貴族のお若いかたと聞きましたので、もっと傲慢なあしらいを受けるのだろうと覚悟しておりました。が……」

「全然違うだろう？」

季長が首を縦に振ると、弘季はそれ見たことかと得意げな顔になった。

「橘《たちばな》の木の緑が変わらぬように、新蔵人どのも相手によって態度を変えるようなことはなさらない。ま、ああいうかたは珍しいがな。新蔵人どのほどではないにしろ、都には他にも美しいもの、面白いものが多くある。同時に、目をそむけたくなるようなものもおいおい見えてくるだろう。おまえも宮仕えに出るなら腹を括《くく》ることだな」

「父上、その件ですが」

声をいささか低くして季長は言った。

「正直、気が進みません。わたしは都での栄達など、まったく興味が」

父は片手を挙げ、息子の発言を途中でさえぎった。

「宮仕えの経験は、東国に戻った際の箔《はく》になる。中央と繋《つな》がりを持っておくのも大切だ」

「しかし、家宝まで差し出して大貴族に媚《こび》を売るのは……」

「それくらいはしなくては。明日には右大臣さまのお邸にあれを持っておうかがいする。もちろん、おまえも同行するのだ。新蔵人どのが気さくなかただったからといって、期待はするなよ。むしろ、貴族の大半はこういうものだと学ぶ最初の機会だと思え」

「父上」

「もう決めたことだ」

弘季はにべもなくそう言い、息子の抗弁をまったく受け付けなかった。


「……で、息子に逢わせようって、弘季どのが招いてくれて。これがまた、なかなかいい感じの息子さんだったんだ」

「ふうん」

夏樹の話に、一条は気持ちのまったく入っていない相槌《あいづち》を打った。

ふたりがいる場所は陰陽寮《おんみようりよう》。官庁街とも言うべき大内裏《だいだいり》の中にある殿舎の一角だ。そこは朝廷に仕える陰陽師《おんみようじ》たちの集う場だった。

陰陽師とは、天文の運行から吉凶を占う、いわば宮廷占い師。そればかりでなく、怪異の専門家として魔を祓うことも可能だと信じられていた。一条はその陰陽師となるべく修行中の陰陽生《おんみようしよう》であった。

夏樹は仕事の合間にふいに時間ができたので、ひさしぶりに友人に逢おうと陰陽寮を訪れたのだった。ほんのちょっと顔を見たら退散するつもりだったのに、

「いいところに来た。暇なら手伝え、これを書け」

と、陰陽寮の書類の整理だとか、清書だとかを問答無用で押しつけてきたのである。

（なぜ、自分が……。暇って言うほど暇じゃないのに……。いや、まあ、珍しくちょっとは時間あるから、別にいいか）

首を傾《かし》げながらも、夏樹は一条と文机《ふづくえ》に向かい合ってすわり、清書の筆を走らせていた。そのついでに口も動かして、先日対面した季長の話をしていたのである。

「純朴っていうか、顔もきりりとしてて、かっこよくて。いかにも東国武士って感じがしたなぁ」

「ほお」

「最初はむこうもガチガチに緊張していたみたいだけど、旅の話をしてるうちにだんだ

ん打ち解けてきて」

「はああん」

「おかげでいろいろ思い出したよ。一条といっしょに東下《あずまくだ》りしたときのこととか」

気のない相槌を打っていた一条の手が、ふいに止まった。清書中の文書から、目線だけをあげる。

琥珀《こはく》色の目だった。

男装の美姫《びき》とはこういうものだろうかと思わせるような美貌の持ち主である。その相手から、こんなふうに上目遣いにみつめられると、見慣れているはずの夏樹でも一瞬、戸惑ってしまう。

「な、なんだよ」

「さっきから手が動いてない」

「あ」

指摘され、夏樹はあわてて手伝いの筆を走らせた。一条は「ふん」と鼻を鳴らして、垂纓《すいえい》の冠からはみだした前髪を軽く掻《か》きあげた。

自邸ではいつも思い切りくだけた格好をしている一条だが、さすがにここは職場、元服済みの男子のたしなみとして、髪はきっちり結い、冠を着用している。それでも、美貌においては、まったく遜色がない。長い髪を垂らし装束を着くずした平素の姿とは、また別の魅力がある。

性格にかなり難はあるものの、夏樹にとって一条はいちばんの友人だ。季長が宮仕えするようになったら、ぜひ彼とも引き合わせたかった。その前に、まずは打診という気もあって季長の話をしたのに、一条は全然乗ってこない。

「でさ、彼が言うには……」

夏樹が話を再開させようとすると、一条はうるさそうに首を振った。

「東国の田舎者《いなかもの》なんかに、これっぽっちも興味はないね」

身も蓋もない言いように、さすがの夏樹もむっとした。

「自分だって、もとは摂津《せっつ》から出てきた田舎者のくせに……」

小さな声でつぶやいても、この距離だと当然、相手に聞こえている。一条は筆を走らせながら反論した。

「摂津は田舎じゃない。東国に比べてずっと都に近い。そっちだって、もとは周防《すおう》の田舎者のくせに」

「周防で育ったのは事実だけど、ぼくはもともと都の生まれだ」

「それにしちゃ、垢抜《あかぬ》けてないな」

事実である。夏樹は言葉に詰まってしまった。

ふたりの間に会話がなくなる。聞こえるのは筆が紙をこする音ばかり。

そんな静かで気まずい時間がしばらく流れたのち、一条は筆を置き、目の前の文書の束をきっちりとそろえた。

「これでよし、と。そっちは？」

「あと一枚」

その一枚もきれいに書きあげ、手伝いは終了した。

「ふむ」

ねぎらいの言葉もくれず、一条は夏樹が清書した分を受け取ると、自身が仕上げた分とひとつにまとめて積みあげた。

「やれやれ。ずっとすわりっぱなしで疲れたな」

そう言うと、一条は大きく伸びをした。

「今夜は宿直《とのい》で帰れないし、いまのうちに少し散歩するか……。というわけで、内裏の入り口まで送ろう」

御所の中心は、帝《みかど》の居住空間と後宮《こうきゅう》を含んだ内裏。官庁街の大内裏は、その内裏をぐるりと取り囲む形になっている。内裏と大内裏、双方まとめて御所となる。

夏樹の職場である蔵人所《くろうどどころ》は、内裏の中。帝のそば仕えということで、場所も帝が住まう清涼殿《せいりょうでん》のすぐ近くに設置されている。つまり、一条は夏樹に、もう自分の職場に帰れと言いたいらしい。

「さっさと帰れってことか?」

「蔵人はいそがしいんだろ?」

「なのに、手伝わせた?」

「たまには違う部署の仕事をするのも気晴らしになっていいだろ?」

口では一条にかなわない。結局、無償で手伝わされただけ。こちらの話にも気のない相槌を打つばかりで、ろくに聞いていないことは明らかだった。

(こいつのところに居候しているあおえの気持ちがなんとなくわかった……)

ような、気がした。あまり、わかりたくはなかったが。

実際、夏樹もそろそろ自分の持ち場に戻ったほうがよさそうな頃合いだったので、ふたりは陰陽寮を離れ、内裏へと向かった。といっても陰陽寮は内裏のすぐそば。ぶらぶらと官舎の外に出て行って、あとはなんとなく立ち話になってしまう。

「だからさ、さっきの話に戻るけど。今度、季長どのをわが家に招こうと思うんだ。そしたら、一条にも引き合わせられるし」

「田舎武士なんかに興味ないと言ったはずだが」

「そう言うなって。あんな立派な家宝があるような家なんだから、東国じゃかなり有力な一族みたいだぞ。それに、あの弘季どののご子息だもの。思った通り、とても気持ちのいい御仁で、譬《たと》えて言うなら、まっすぐに伸びた青竹のような……」

「ふうん、青竹ねえ。ふううん」

一条のあまりの素っ気なさに、夏樹もあきれ返って、ため息をついた。

「おまえ……そんなんじゃ、新しい友達できないぞ」

「無理して作るものでもないだろ」

「そりゃあ、無理にとは言わないけど、でもやっぱり、付き合いが広がっていくのは楽しいじゃないか」

「わずらわしいことが増えるだけだ」

「……偏屈者……」

「いまさら気づくな」

こういう性格だから、一条には夏樹以外の友人がいないのかもしれない。

夏樹もある程度なら、彼が偏屈になるのも理解ができた。

とびきりの美貌に加え、陰陽師の卵としての才能も半端ではない。周囲から、過剰な期待をかけられたり、逆にあらぬ誤解を受けたりし続けたのだろう。しかも当人は、裏と表を激しく使い分ける、深雪《みゆき》と並ぶ猫かぶりである。

かくして立派な偏屈者ができあがった。

にしても、いまから人生の立て直しにかかっても、けして遅くはあるまい。素直な季長だったら、一条のかたくなな心を溶かす突破口になりはしまいか。そう期待して彼の話題を振っているのに、一条は乗ってこず、「田舎者」で片づけられてしまう。

前途多難だなと、夏樹は口をへの字に歪《ゆが》めた。

彼はまったく気づいていない。素直な友人が一条の心を溶かす突破口に、などと――もうすでにその段階は終わっているというのに。

立ち話をしているふたりの前を、荷を満載した車が続けて通り過ぎていた。

「ああ、まただな」

と、一条がつぶやく。

「承香殿《しょうきょうでん》への貢ぎ物だろう。ここのところ、毎日毎日だ。女御《にょうご》本人のみならず、まわりも気合入りまくりだ」

「そりゃそうだろう。念願の皇子《みこ》誕生がかかってらっしゃるんだから」

彼らの前を行くのは、荷車だけではなかった。きれいに飾られた牛車《ぎっしゃ》も数台、通り過ぎていく。うち一台の牛車の物見の窓からは、幼い女童《めのわらわ》の顔が覗《のぞ》いていた。

一条がそちらを見やった途端、牛車の中から悲鳴があがる。悲鳴というか、歓声だ。それも複数。

あまりの激しさに牛車は揺れ、牛飼い童《わらわ》はおろか、車を牽《ひ》く牛までもが驚いた顔になる。夏樹も同様だった。

「なんだ……？」

一条だけは澄まし返っている。

「五節《ごせち》の舞姫だろ。今年は、身重の女御のために本番前の試楽《しがく》をやるとかいう話だから、常寧殿《じょうねいでん》にひと足早く入るのかも」

「ああ、舞姫ね。はいはい」

「あの牛車のこしらえからすると――定信《さだのぶ》の中納言が差し出す舞姫か。皮肉なものだ」

にやりと、一条は悪趣味な笑みを浮かべた。

十一月の宮中行事、豊明節会《とよのあかりのせちえ》では貴族からそれぞれ献上された舞姫たちが、帝の御前で舞いを奉納することになっている。行事は何日にも渡って行われるので、彼女らは後宮の中の常寧殿を宿所にするのである。

女性の正装である物具《もののぐ》姿で舞う、四人（年によっては五人）の舞姫たちは、天女に譬えられることもしばしばだった。

天《あま》つ風　雲の通ひ路　吹きとぢよ
をとめの姿　しばしとどめむ

この有名な和歌にて歌われた『乙女』とは、五節の舞姫のことである。『風よ、雲の通い路を閉ざしておくれ。天女のように美しい舞姫たちを、いましばし、地上にとどめておきたいから』――そう言わしめるほど、華麗な舞いなのだ。

そんな舞姫も年頃の娘。一条の美しさに歓声をあげたくもなるだろう。夏樹はちょっと彼をうらやましく思ったが、一条自身は舞姫に騒がれたことなど、どうでもいいらしく、はなから無視している。

「豊明節会が終われば、賀茂《かも》の臨時祭。そうしたらもう、果ての月だな」

「臨時祭か。そういえば、賀茂の斎院《さいいん》の馨姫《かおるひめ》は、いまごろどうしておられるやら」

「祭りの準備で大いそがしだろうよ。それとも、取り巻きにちやほやされて優雅に歌でも作っているか」

賀茂の斎院は、遠い伊勢《いせ》とは違って御所の近くで暮らしている。そのため、斎院御所には貴族たちの出入りも多く、社交の場となることが多かった。ただし、

「優雅に歌……」

夏樹は眉間にぐっと皺《しわ》を寄せた。

「想像しづらい」

「もっともだ」

夏樹も一条も、神秘の帳《とばり》に包まれた巫女姫《みこひめ》ではない、実際の馨を知っている。あの天衣無縫で闊達《かったつ》な馨が、慎《つつ》ましやかに檜扇《ひおうぎ》で顔を隠し、優雅に和歌をたしなんでいる場面のほうが考えにくかった。

「……やれやれ、それにしてもあわただしい。今年ももう、ふた月ないとは。この時期にはいつも思うが、今年はずいぶん早かったような気がしないか？」

一条がそう訊《き》くと、夏樹も深くうなずいた。

「ああ、去年に引き続き、いろいろとあったからな……」

「あとの月が平穏なことを祈るよ」

その言いかたに、夏樹は少々引っかかるものを感じた。

「何か気がかりなことでも？」

「うん？　何もないぞ。何日か前、星見《ほしみ》で妙な卦《け》が出たことくらいだ」

「妙な卦って？」

「そんなもの、しょっちゅうだから気にするな。実際に事が起こってから『ああ、あのときのアレはコレか』になるのがほとんどだから」

「……いいのか、そんなふうで」

「念のため、星の動きにさらに気を配ろうということにはなったんだが——こんな空だしな」

一条は灰色の雲に厚く覆われた空を指差し、苦笑した。夏樹もつられて失笑する。

「いいかげんだな、陰陽寮も」

「師匠があれだから」

全部を賀茂の権博士《ごんのはかせ》におっかぶせてしまう。

これには夏樹も我慢できず、ふたりそろって大笑いをした。


常寧殿では、五節の舞姫とお付きの女童たちが衣裳《いしょう》合わせにいそしんでいた。色とりどりの袿《うちき》を重ね、いちばん上には腰丈までの唐衣《からぎぬ》を。裳《も》と呼ばれる襞《ひだ》状の飾りを後ろに長く引きずらせる。俗に十二単《じゅうにひとえ》と称される形態が、これで整った。

さらに前髪をあげて、櫛《くし》、釵子《さいし》（かんざし）をつけ、薄い領巾《ひれ》をまとえば、儀式用の正装、物具姿となる。この領巾をひらひらと振って舞うがゆえに、五節の舞姫は天女にも譬えられるのだ。

女童たちも装いに贅《ぜい》を凝らしていた。彼女らはただの介添え役ではない。祭りの三日目には舞姫ともども、清涼殿へ召されて帝の御前に立つ。これを童女御覧《わらわごらん》と呼ぶくらいだ。幼いながらも、「あれが似合いそう」、「これはいや」と、装束をとっかえひっかえして若い女房を困らせている。

顔色が晴れぬのは、舞姫と女童に付き従ってきた大人たちだ。彼らは定信の中納言の家臣たち。明日は承香殿の女御のために試楽を行うとあって、心中複雑である。

「おそらく、あちらの女御さまも、今年は中納言さまが舞姫を出されるとわかっておれて、わざと試楽を主上《おかみ》にねだったのであろうなぁ」

「中納言さまもさぞや腹立たしい思いをされたであろうに」

かようにぼやく者も少なくなかったが、もはや言っても詮ないこと。夜もふけ、明日のためにと舞姫たちは早々と眠りについた。

だが――暗闇の中で、静かに起きあがった者がいた。舞姫たちの着替えを手伝っていた女房のひとりである。

彼女は闇を見通してでもいるかのような危なげない足取りで、就寝中のひとびとの間をすり抜けていった。音もまったくたてない。ひとではなく、実体のない影のみが動いていくかのようだ。

南側の簀子縁に出た彼女を、朧月《おぼろづき》の光が照らした。黒髪がほのかな月光を反射して濡《ぬ》れたように輝く。白い単衣《ひとえ》と紅《くれない》の袴《はかま》、肩に羽織った蘇芳《すおう》色の袿、なんでもない装いなのにどこか違うように見えるのは、今宵《こよい》の月の光のせいか。

いや、月の魔力のせいだけではない。彼女だからだ。

甲斐甲斐《かいがい》しく働いていた昼間の顔とはまるで違う妖《あや》しい笑みをたたえ、夜の後宮を見渡しているのは、定信の中納言を陥落させた、あの白拍子《しらびょうし》だった。

白拍子はまず、西側の弘徽殿《こきでん》を見やった。あちらは滝口《たきぐち》の陣が近い。警固の武士にみつかっては面倒と判断したのか、彼女は東側の麗景殿《れいけいでん》へと走った。ひと目をさけ、ぐるりと大廻りして最終的に向かったのは承香殿だった。

北面《ほくめん》の簀子縁から、廂《ひさし》の間へするりと滑りこむ。それでも、誰も気づかない。警固の者の怠慢ではなく、白拍子が完全に自らの気配を断っていたのである。

承香殿ではまだ女御も女房たちも起きていて、屋内には明かりが赤々と灯《とも》っていた。御簾《みす》のむこうから洩れ聞こえてくる華やかな笑い声には、壮年の男性の声も混じってい る。父親の右大臣だ。

白拍子は音もなく廂の間を移動し、柱の後ろに身を潜めた。そこだと、母屋での会話も筒抜けだった。

承香殿の女御たちは、よもや怪しい者が自分たちのすぐ近くにいるとは思わない。すっかりくつろいで、右大臣が携えてきた品々のひとつひとつに魅入っている。

「このように毎日では、承香殿の塗籠《ぬりごめ》（納戸）がすぐにいっぱいになってしまいますわ、父上」

そう言う女御だが、まったく迷惑がっていないのは誰の目にも明らかである。

「なんの、なんの。こんなものはほんの気持ちでございますよ、女御さま」

実の娘ではあるが、相手は帝の妃《きさき》。それゆえ、右大臣は彼女に対して丁寧な口調で話しかけている。

「それに今宵持参いたしましたのは、特別な品。ささ、ご覧あれ」

右大臣が差し出した木箱の中には、白い獣の角が入っていた。どんな美しいものが披露されるのかと身を乗り出していた女房たちは、一様に困った顔をする。出てきた品が予想外で、なんとも言いがたいのだ。しかし、右大臣は得意げに胸を張った。

「よくご覧くださいませ。これは本物の犀角でございますよ、女御さま」

女房たちの顔が、パッと明るくなった。

「まあ、犀角」

「なんと見事な犀角でしょう」

出産時の魔よけだと知っているだけに、承香殿の女御も喜びの声をあげた。

「本当に珍しいこと。よくこれだけ形が整ったものが手に入りましたわね、父上」

「ええ。わが家に出入りしております滝口の武士からの献上品です。なんでも、家宝だったものを、わざわざ東国から運ばせてきたとか。ぜひとも、御湯殿の儀の際に使っていただきたいと」

「素晴らしいですわ、女御さま」

「こんな見事な犀角があれば、ご安産は確実でございましょう」

「きっと、お健やかな皇子がご誕生あそばされますわ」

雨あられと降り注がれる祝いの言葉。言霊《ことだま》の力は、承香殿の女御を心地よく酔わせた。

「御湯殿の儀なんて、まだまだ先のことなのにねえ」

そう言いつつも、かざした檜扇の後ろで唇はふっくらとほころんでいる。

「御湯殿の儀は確かにまだ先ですが、これを女御さまご自身の御身守りとして、御帳《みちょう》台《だい》に掛けておいてくだされ」

御帳台とは天蓋付きの寝台のこと。この時代、御帳台の天蓋を支える柱に犀角を魔よけとして掛ける風習があった。承香殿の女御が使っている御帳台にも、すでに犀角は掛けられている。しかし、本物の犀の角など、そうたやすく入手できるはずもなく、それはご多分に洩れず、沈《じん》の木で作られた細工品であった。

「では、さっそく今夜から、父上のくださった本物の犀角を柱に掛けて休むといたしましょう」

「そうしていただけますれば、わざわざお届けに参った甲斐があったというもの。では、そろそろ、わたくしは退散いたすとしましょうか。どうか、くれぐれも御身大切になさいませよ」

右大臣は上機嫌で去っていき、あとには女御と取り巻きの女房たちだけが残った。

「女御さま、そろそろお休みになられますか？」

女房の問いかけに、女御は少し考えてから首を横に振る。

「確かに眠くはなってきたけれど、その前に何か食べたいわ。身の内に御子《みこ》がいらっしゃるせいか、すぐにおなかがすいてしまって……」

「なんと、お元気な御子でございましょう」

ひとりがそう言えば、他の女房たちもこぞって、

「その健やかさこそ、間違いなく皇子の証《あか》しでございます」

ここぞとばかりに祝福の言葉を口にする。夜食ひとつにも、これだった。

そんな言祝《ことほ》ぎの末に、筍《たけのこ》の煮物が運ばれてくる。時季はずれのものでかなり堅いが、承香殿の女御は四季を問わず、好んでこれを食していた。深雪あたりが陰で彼女のことを「筍の女御さま」と呼ぶのも、この食習慣が由来だ。

「筍は昔こそ大嫌いだったけれど、これを食べるようになってから肌のつやもいいし、身体の調子も格段によいのよ。わたくし、御子を授かったのも、筍の効用があったからではないかと思っていてよ」

「おっしゃる通りでございますわ、女御さま」

女房の唱和に、堅い筍を嚙《か》み砕く音が重なった。健康そのもの、というか、大貴族の姫にしてはたくましすぎるぐらいの嚙み音だ。その力強さが幸運をもたらしたと言えるのかもしれない。

胃が満たされると同時に、睡魔も俄然《がぜん》、力を増してきた。女御は大きくあくびをする。

「ああ、眠い。おまえたち、早く寝所の用意をしてちょうだい」

「はい、ただいま」

女房たちはさっそく、就寝の用意を整えた。御帳台の柱に新しい犀角を掛けることも忘れない。

「それでは、女御さま、ごゆっくり、お休みなさいませ」

「ええ、おやすみ」

燈台《とうだい》の火は落とされ、暗闇の中、女御も女房たちも眠りにつく。

やがて、承香殿内の誰もが完全に寝入ったころ――それまで完全に闇に溶けこみ、息をひそめていた白拍子が、ゆっくりと身を起こした。

屋内の燈台すべて、火は消されている。蔀戸《しとみど》も閉ざされ、外から月光が射《さ》しこむこともない。完全な暗闇。それをものともせず、彼女は忍び歩く。

誰にも気づかれることなく、承香殿の女御が眠る御帳台の中へと入りこんだ。女御は侵入者が間近に迫っていることも知らずに熟睡している。

たとえば、ここで女御の喉を掻き切れば、呪詛《じゅそ》などとまだるっこしいことをしなくとも、すべて片がつく。この白拍子なら、速やかに作業を終え、誰にも気取《けど》られることなく現場を立ち去れるだろう。

しかし、白拍子はそんな乱暴な真似《まね》はせず、御帳台の柱に掛かっている白い角に注目した。右大臣がこれぞ本物とふれこんだ犀角に。

「これが犀角ですって？」

嘲笑混じりのつぶやきが白拍子の唇から洩れた。

「しかも魔よけにしようなどと、ものを知らぬとはほんに恐ろしいこと……」

では、なんの角だというのか。

白拍子はそこには言及せず、たおやかな指でそっと角を撫《な》であげた。

「思い出せるか、おまえ？　自らの真の姿を」

語りかけたところで、角に反応はない。それでも、彼女は言葉を重ねた。

「思い出せないなら、少し手伝おうか。だが、それは――わたしの役目ではない」

白拍子が口から大きく息を吸う。彼女の表情がわずかずつ変わっていく。女とも男ともつかぬ、ひどく静かな、無そのものの顔に。

白い角が小刻みに震え出したのは、その直後だった。


かたかたかた――

そんな微かな音に、承香殿の女御の眠りは妨げられた。

おなかも満ちて、気持ちよく寝入っていたのに。いったい、なんなのかしら。もう。

そうつぶやきながら、彼女は目をあけた。

燈台の火は消えているのだから、目をあけたところで見えるものは何もないはずだった。なのに、どうして見えたのだろう。

御帳台の柱に白い角が掛かっている。魔よけの犀角。それが小刻みに揺れ、柱に何度もあたっている。彼女の眠りを覚ました音の正体はそれだった。

最初、女御は事態を正しく把握できておらず、風で揺れているのかしらと、ぼんやり思っただけだった。

が、四方を帳で囲まれた御帳台の中で、犀角が揺れるほどの風が吹くはずもない。地面が揺れているわけでもない。犀角は、自力で動いているのだ。

急に眠気が吹き飛んだ。恐怖に女御の顔が強《こわ》ばる。

震えながら、そろそろと身を起こした。力が入らなくて、どうしても動きが鈍くなる。

それでも、犀角が掛かっている柱から、少しでも離れようとした。

するといきなり、犀角を吊《つ》るした紐《ひも》が切れた。ぽとんと犀角が夜具の上に落ち、女御はひっと小さな悲鳴をあげた。

驚くのはまだ早かった。

夜具がぐぐっと持ちあがり、白い犀角が浮きあがったのだ。いや——夜具が持ちあがったのでも、角が浮きあがったのでもなかった。

では、何が起こったのか？

夜具の表面から、頭に二本の角を生やした獣が身を乗り出してきたのだ。まるでそこから、新しい生物が生まれ出たかのように。

あの白い犀角は、獣の頭の右側についていた。左側の角は、根もと近くで折れてなくなっている。

目は銀色。顔は角とは正反対に墨のように黒い。牛の顔だ。

ずずずっと首が現れ、肩が出てくる。大きい。不自然なくらい大きな黒牛だ。

それが、夜具の表面から生え出るようにして、この世に顕現《けんげん》しようとしている。

もはやこれはただの牛ではない。物の怪《もののけ》だ。

女御は喉も裂けよとばかりに絶叫した。それがきっかけで身体が動き、彼女はあわてて御帳台の中から走り出ようとした。

そのときだった。着ていた単衣の袖が、牛の角に引っかかってしまったのは。


「賀茂の権博士さま！」

顔色を変えて陰陽寮に飛びこんできたのは、まだ若い滝口の武士だった。

権博士は幸い宿直中、陰陽寮にいた。夜もふけたというのに、弟子の一条と山積みされた文書の整理にあたっていたのである。

滝口の武士の切羽詰まった声は陰陽寮中に響き渡り、驚いた権博士は奥から駆けつけていった。その後ろに一条も続く。

「どうされた。何があった」

権博士が現れると、滝口の武士は安堵《あんど》の表情を浮かべた。それもそのはず、彼は若くして、都にこのひとありと謳《うた》われた有能な陰陽師なのだ。武士の目には、後光が射して見えたのかもしれない。

「権博士さま、お早く、お越しを」

「だから、いったい何が」

「承香殿に、承香殿に物の怪が出現いたしました！」

「なんと」

物の怪と聞いた以上、陰陽師たるもの、行かなくてはなるまい。それに、いま、承香殿には身重の女御がいる。朝廷に仕える者として、彼女の身は絶対に守らなくては。

「一条」

「はい、保憲《やすのり》さま」

待っていましたとばかりに、一条は師匠とともに外へ走り出した。滝口の武士がふたりを先導する。

夜の御所では、至るところで篝《かが》り火が焚かれていた。殿舎の軒先からは釣灯籠《つりどうろう》が幾つも下がっている。だが、光が華やかであればあるほど、闇も濃くなる。

御所は昔から、怪異のよく起こる場所でもあった。そしてまた今宵、ここに物の怪が出現したのだ。

権博士と一条が後宮に駆けつけると、承香殿の北側の庭は悲鳴と怒号で満たされていた。悲鳴をあげているのは、逃げ惑う後宮の女房たち。怒号をあげているのは滝口の武士たちだ。

その中には、弘季の姿もあった。彼は現場の指揮官。巨大な物の怪相手に苦戦している武士たちに大声で檄《げき》を飛ばしている。

巨大――確かにそれは巨大だった。

全身、真っ黒な牛。

対照的に角は白く、二本のうち片方は根もと近くから折れている。

牛は畑仕事に用いもするし、牛車を牽くためにも欠かせない家畜である。どこにでもいるし、御所の中でも飼われている。問題はその大きさだった。

普通の二倍以上はある。

その真っ黒な牛の背には、単衣姿の女人がひとり、またがり、助けてと泣き叫んでいる。承香殿の女御だ。

牛が武士たちを前にし、興奮して荒れ狂っているために、女御の長い髪も乱れに乱れている。どうしてそんなことになったのか、単衣の袖が、牛の完全なほうの角に引っかかっている。そのため、逃げるに逃げられなかったのかもしれない。

武士たちは勇敢だった。自分たちの背丈よりも遥《はる》かに大きな牛を相手に、太刀《たち》を振りあげ、果敢に立ち向かっている。

が、黒牛が頭を大きく振りまわすと、太刀は弾《はじ》き飛ばされ、武士たちもあっけなく弾き飛ばされてしまった。そこへ、振り下ろされる前脚。腹を踏み潰された武士の悲鳴があがる。苦痛にのたうつ彼を仲間が引きずっていく。

「気をつけろ。うかつに近寄るな」

弘季が叫んだ。彼は弓矢を手にしていた。本当はそれを射掛けたくてしょうがないはずだ。

太刀による接近戦よりも、弓矢を使ったほうが、滝口の武士たちも無用に傷つかずに済む。しかし、そんなことをしたら、女御の身体まで射貫《いぬ》いてしまいかねない。

「弘季どの」

権博士が声をかける。振り返った弘季の顔が、パッと明るくなった。

「来てくださったか」

「いったい、あれは」

「わかりませぬ。突然、あの黒牛が承香殿の中から走り出てきて、そのときにはすでに女御さまがあのように。あれでは矢が使えませせぬ」

「お任せを」

権博士がずいっと前に踏み出した。暴れる黒牛を睨みつけ、懐に手を入れる。が、次の瞬間、しまった、という顔になった。

弟子の一条は、師匠の表情が変わった理由を、ずばり見抜いた。

商売道具を忘れたのだ。

「保憲さま」

すかさず、一条が自分の懐から白い紙の束を差し出した。権博士は悪びれもせず、それを受け取り、びりびりと細かく引き裂いた。

何十もの小片となって紙が散る。風もないのに、白い紙片はふわりと宙に舞いあがった。それればかりか、まるで生きているかのごとく、虚空を飛んでいく。

驚嘆の声が武士たちの間から起こった。誰も、権博士が忘れ物をしたことに気づいていない。一条が紙を渡したのも、師匠と弟子との自然な連携と見ただろう。

権博士が放った紙片は、黒牛の目をふさごうとしていた。牛はそうはさせじと激しく頭を振る。

しかし、小さな紙片のすべてを防ぐことはできない。ぴたり、とうまい具合に、紙片のひとつが牛の左目を覆った。

「いまだぞ！」

「かかれ！」

滝口の武士たちは鬨《とき》の声をあげ、四方からどっと標的に駆け寄った。いっせいに黒牛の腹を斬りつける。が、どういうことか、太刀は牛の身体に触れた途端、どれも勢いよく弾かれてしまった。

うわっと口々に声をあげ、反動で武士たちは地に倒れ伏した。

牛の身体には傷ひとつついていない。それでも痛みは感じたのか、牛は口の端から泡を飛ばして、いっそう激しく暴れ始めた。

牛の背の上で、承香殿の女御はずっと悲鳴をあげ続けている。振り落とされまいと、角にしっかりとしがみついている。もしも、彼女が地に叩《たた》きつけられたら。妊娠中の身だ、大変な事態になりかねない。

「くそっ！」

弘季は耐えかねたように走り出ると、篝り火の中から火のついた薪《たきぎ》を一本、取り出した。

当人は薪を手にして、突っこんでいくつもりだったのだろう。その暴挙を権博士が押しとどめる。

「お待ちください、弘季どの」

彼の呼びかけと同時に、宙を舞っていた紙片が薪の火に集まる。たちまち、火は紙片に燃え移った。

　小さな炎は薪から離れて虚空を躍り、今度は黒い牛を取り巻いた。まるで、炎の蝶《ちょう》が牛に戯れかけているかのように。

　太刀を弾き飛ばした物の怪も、その姿通り、火を恐れる獣の性《さが》を持っていたのだろうか。初めて、じりっと後ずさりする。

「行け！」

　権博士が気合をこめて命じると、小さな炎の蝶はいっせいに黒牛へと襲いかかった。

　黒牛の咆哮《ほうこう》と、女御の悲鳴が重なって響いた。火に驚いたのは彼女も同様だった。

　承香殿の女御は、しがみついていた角から、とっさに手を離した。同時に、炎の蝶に迫られた黒牛が後ろ脚で高く立ちあがる。

　反動で女御の身体が浮き、角にからみついていた単衣の袖がちぎれた。

　一条が叫んだ。

「長月《ながつき》！」

　すると不思議なことに、何もなかったはずの空間に紫色の袿が忽然《こつぜん》と現れた。

　袿は、振り落とされた女御の身体をくるりと包みこむ。落下の速度が、おかげでかなり軽減された。その隙に、弘季が駆けつけ、見事、袿ごと承香殿の女御を抱きとめる。

　その瞬間、紫の袿は消えた。弘季の腕の中にいるのは女御のみとなる。恐ろしさのために気を失ったらしく、壮年の武士の腕にぐったりと身を預けている。

弘季は女御を抱き、急いで黒牛から距離をとった。

黒牛は天地を震わすような大声で吼《ほ》えている。その身に無数の火の蝶がたかっていく。獣皮の焼けこげるにおいが後宮の庭にたちこめる。牛がいくら抵抗しようとも、小さな蝶はひとつの大きな火となって牛の身体を呑《の》みこんでいく。

「矢を射掛けよ！」

承香殿の女御を抱きかかえたまま、弘季が指示を飛ばした。人質を確保した以上、遠慮する必要はない。滝口の武士たちはおのおの弓に矢をつがえ、燃える黒牛めがけてそれを放った。

美しい放物線を描いて、数多《あまた》の矢が飛ぶ。物の怪の硬い皮膚はその矢をことごとく弾き飛ばしたが、充分な脅しにはなったのか。黒牛はさらに大きく咆哮すると、火だるまになりつつ、走り出した。

轟然《ごうぜん》と走る、炎の牛。豪胆さで鳴らした武士たちも、さすがに肝を冷やして逃げ惑った。牛は彼らには目もくれず、近くの麗景殿の殿舎に頭から突っこんでいく。

通常の二倍以上もの大牛に体当たりされ、殿舎の柱がぐきりと折れて、屋根が傾いだ。黒牛の炎が飛び火して、簀子縁の勾欄《こうらん》がめらめらと燃えあがった。

牛の猛進はそれでも止まらない。麗景殿の脇を抜け、後宮の東の門を突き破り、内裏の外へと疾走する。

滝口の武士たちは逃げる物の怪を追おうとした。が、弘季が怒鳴った。

「火を消せ！　そっちが先だ!!」

このまま炎が広がったら、内裏すべてが焼け落ちかねない。木造建築の最大の敵は火であり、内裏はもうすでに過去何度も焼失の憂き目に遭っている。

滝口の武士に他の官人たちも加わって、麗景殿の消火作業を行った。幸い、火は勾欄を焦がしただけで、それ以上、広がりはしなかった。

ただし、災厄の源たる黒牛はすでに内裏の外へ走り去ってしまった。

あるいはそれでよかったのかもしれない。太刀も、矢も、受けつけぬ物の怪相手に、あれ以上のことができたかどうか。炎に包まれてもなお、門扉や塀を壊して疾走するだけの力を持っているのだから。

「……何が何やら、だな」

黒牛の走り去った方角を見やって、権博士が脱力気味につぶやいた。一条も同感だった。あの黒牛はいったい、どこから湧いてきたのか。なぜ、承香殿の女御がその背に乗っていたのか。

ちょうどそのとき、続く消火作業の騒ぎの中で、弘季に抱かれた女御が目を醒《さ》ました。

「女御さま！」

弘季の呼びかけに驚いたように目をしばたかせていた彼女は、急にハッとして身を起こした。

「物の怪、物の怪が！」

「ご安心くださいませ。物の怪は退散いたしました。もはや、ここは安全でございます」

「ほ、本当に？」

女御は疑わしげに周囲を見廻した。崩れた麗景殿や騒ぎを聞きつけて集まってくる官人たちに慄《おのの》きはしたものの、物の怪の姿がないことに安堵したのだろう。彼女はああと息をついて、肩の力を抜いた。

賀茂の権博士がすかさず駆け寄っていき、女御のそばにしゃがみこむ。一条もちゃっかりと師匠の背後に待機して耳をそばだてた。

あの黒牛の正体を知っていそうなのは、現時点では彼女だけだ。陰陽師の卵としても、気になるところである。

「女御さま、お身体はご無事でございましたか」

権博士の問いかけに、女御はがくがくとうなずいた。

「……ええ、ええ、大丈夫よ。驚いただけ、驚いているだけよ。おなかの御子に障りはないわ。障りなど、あるはずがないわ」

まるで自身に言い聞かせるように、熱心に繰り返す。実際、大事なきように見えた。あれだけの目に遭っていながら、彼女は火傷《やけど》どころかかすり傷ひとつ負っていない。

（さすがは承香殿の女御。相当な強運の持ち主——いや、悪運だろうな。ここまでくると）

と思ったのは、一条だけではあるまい。権博士もその例に洩れないはずだが、そんなことはおくびにも出さずに、また質問する。

「いったいまた、なぜ、物の怪の背になど……」

「物の怪、あの物の怪は」

ごくりと女御は唾を呑みこんでから先を続けた。

「犀角なのよ。父上が、滝口の武士から献上されたと申して持ってこられた犀角が、あれに変化《へんげ》したのよ。その犀角を、御帳台の柱に掛けておいたらば、風もないのにかたかたと揺れて、あんな、牛の物の怪に——」

驚愕《きょうがく》の声を発したのは、弘季だった。

「あれの正体は、わが家の家宝だとおっしゃるのですか⁉」

その場の空気が凍った。

女御も、権博士も、一条も、まわりにいた武士たちまでも、みないっせいに弘季を注目する。弘季自身も、自分の言葉の衝撃に打たれて硬直している。

その異様な静寂を破ったのは、承香殿の女御だった。

「おまえ！　おまえなのね⁉」

弘季の胸を突き飛ばし、代わりに彼女は権博士の胸に飛びこんだ。彼の宿直装束の胸もとを片手で握りしめ、もう片方の手で弘季の呆然《ぼうぜん》とした顔を指差す。

「主上の御子を生みまいらせるはずのわたくしを、その前に亡き者にしようと、そう企《たく》んで物の怪を放ったのね！」

女御の甲高い声が大きく響き渡った。周囲の喧騒《けんそう》をすべて制圧してしまうほど、大きく。

彼女は豊かな髪を振り乱し、美しい顔を歪めて、弘季を激しく糾弾した。

「捕まえてちょうだい、すぐに！　その者は、畏《おそ》れ多くも主上の御子を害しようとした大逆人なのよ‼」

そのあまりの迫力に、反論の声は完全に封じられてしまった。

第三章　花散る森

その日、御所での勤めが終わるや否や、夏樹は息せききって友人の邸《やしき》に駆けこんだ。自宅の庭をこっそり経由して、というういつもの手順など踏まない。御所からまっすぐ、一条の邸の門扉を叩《たた》いたのである。

「一条！　一条！」

こぶしをがんがん打ちつけていると、門の内側で錠のはずれる音がした。むこうからあけてくれるのを待つのももどかしく、夏樹は扉を肩で押す。軋《きし》みつつ、あいた扉の内側には、誰もいなかった。

そこで、ぞっとしたりなどしない。ここは陰陽師《おんみょうじ》の卵である陰陽生《おんみょうしょう》が住む邸。さらに彼が引っ越してくる以前から、物の怪《もののけ》邸との異名をとっていた、いわく付きの物件である。さもありなんと、怪事は歯牙にもかけず、夏樹は門をくぐった。

「入るぞ」

とりあえず、断りだけ入れて、ずかずかと邸にあがりこむ。勝手知ったる他人の家。あるじの一条の私室がどこにあるかも知っている。夏樹は脇目も振らずにそこを目指した。

「一条!」

御簾《みす》をばらりとはねあげると、一条は室内にいた。烏帽子《えぼし》もかぶらず、髪も結っていない。狩衣《かりぎぬ》を着崩し、肩に袿《うちき》を一枚羽織って、炭櫃《すびつ》のふちに両肘をついている。もう昼すぎなのに、ついさっきまで寝ていたかのような顔だ。もっとも、それがまた、傾国の美女の寝起き姿のような、どきりとさせるほどの妖艶さを漂わせている。

夏樹も瞬間ひるんだが、すぐに気を取り直し、

「失礼するぞ」

と、部屋に踏みこんだ。

一条は夏樹の非礼を咎《とが》めるでもない。まるで彼が来るのを先刻承知していたかのように、平然としている。

「弘季《ひろすえ》どのが捕縛されたんだって?」

夏樹の問いかけに一条は眉ひとつ動かさず、「ああ」と肯定する。

「なんでまた、どうして」

「理由は聞かなかったのか?」

「聞いたさ。聞いたところで信じられないよ。あの弘季どのが物の怪を後宮《こうきゅう》に呼びこんで、承香殿《しょうきょうでん》の女御《にょうご》さまに危害を加えようとしただと? そんな馬鹿なことがあるも

のか！」

怒りのままに夏樹が熱く怒鳴っても、一条は冷めた表情を保っている。彼は友人がさんざん怒鳴り散らし、息をついたのを見計らってから、おのれの知っていることを説明した。

「昨夜、後宮に物の怪が現れて大暴れしたのは、事実だ。その場におれもいた。その物の怪は、弘季どのが献上してきた犀角《さいかく》が変化《へんげ》したものらしい。女御がそう証言している」

「犀角？　――あれか」

夏樹は片手で口を覆って、低くうめいた。

「弘季どのの邸で見せていただいたよ。でも、あれは祝いの品で……」

「犀角が物の怪になった瞬間を見ているのは女御だけだ。承香殿に仕える女房たちが言うには、眠っていたら、いきなり悲鳴が聞こえて、女御の御帳台《みちょうだい》から巨大な牛が飛び出してきたとか」

「じゃあ、もしかして女御さまの思い違いなんじゃ……」

「御帳台の柱に掛けられていた犀角がなくなっていたのは事実。物も間違いなく、弘季どのからの献上品。御子《みこ》が生まれるまで、女御ご自身の守りにと、右大臣が直々《じきじき》に娘のところへ持っていったんだそうだ」

「余計なことをしてくださる」

八つ当たりと承知で夏樹が言った台詞《せりふ》を、一条は無視した。

「これじゃ、弘季どのも詮議は免れないだろう。叩いてほこりが出なければ、いずれ解放される。あまり気を揉《も》みすぎるな」

「ほこりなんて出るはずがない。あんな真面目《まじめ》な人物が、物の怪を使ってどうのこうのなんて姑息《こそく》なこと、絶対にやるもんか」

吐き捨てるように言ったあとで、あっと夏樹は声をあげ、気まずい表情を浮かべた。

「あの……言っとくけど、式神《しきがみ》と物の怪は、違うから」

式神とは陰陽師が使役する鬼神のことだ。もちろん、一条も使う。牛から振り落とされた女御を空中で抱きとめた紫の袿は、彼が使役する式神であった。

「わかっている」

一条は炭櫃の灰を火箸で掻《か》き廻《まわ》しながら、静かな口調で言う。夏樹の失言を気にしていないように見えるが——実のところはわかりづらい。

夏樹の興奮も、気まずさがきっかけになって幾分冷めた。少なくとも怒鳴るのはやめ、炭櫃を挟んで友人と向かい合い、腰をおろす。

しばらく間を置いてから、夏樹のほうから切り出した。

「ぼくは……絶対、濡《ぬ》れ衣《ぎぬ》だと信じている」

「信じるのは勝手だが、物の怪が現れたのは事実だ。昨日、現場にいて、実物も見た」

「どんなやつだった？」

「馬鹿でかい牛」

一条は身も蓋もない言いかたをした。

「今年の夏、馬鹿でかい馬が大暴れしたのを思い出して、正直、いやな気分がしたよ」

夏樹は言葉に詰まって、炭櫃の灰に視線を落とした。が、ここで沈黙してはいけないような気がして、なんとか話を続ける。

「以前、市で暴れ牛に踏み潰されそうになったことがあるよ。あのときは怖かった。普通の牛でも、荒れると迫力あるものな」

「牛にしろ、馬にしろ、暴走すると手がつけられない……」

なぜか牛馬の話題になっているところに、御簾があがって、この邸の居候が現れた。

「いらっしゃいませぇ」

顔が、馬である。

長い顔の譬《たと》えとして言っているのではなく、本当に馬なのだ。水干《すいかん》を着こんだ筋骨たくましい身体《からだ》の、首から上が馬。冥府《めいふ》で亡者を責めたてる、獄卒役の鬼、馬頭鬼《めずき》であった。

ただし、もと獄卒である。彼、あおえは冥府を追放されて、いまは一条の居候となっていた。

「さっきはお出迎えにあがれなくて、すみませんでしたねえ。なんだか、夏樹さん、珍しく今日はせっかちなんですもの。わたしが門をあける前に、式神さんのどなたかがやってくれたみたいだから、いいんですけど」

でかい図体《ずうたい》に似合わぬ、ひとなつこい口調。振り廻せば人間など軽く吹っ飛びそうな大きな手に、折敷《おしき》（木製の四角い盆）をふたつ、捧《ささ》げ持っている。

「外は寒かったでしょ？　あったかい飲み物とお餅を召しあがれ」

あおえは折敷をふたりに渡すと、自分もちゃっかり炭櫃のそばに陣取った。

「お餅はこうして火であぶるとおいしいんですよぉ。網も敷きましょうね。……で、何かあったんですか？」

太平楽な馬づらを見ていると、全身から力みが抜けていく。夏樹はさっきよりは穏やかに、ことの経緯を説明した。

「――そんなわけで、困ったことになってるんだよ」

「まあ、それは大変」

あぶった餅をほおばりながら、あおえは長い頭を前後に振って、相槌《あいづち》を打った。

「牛の物の怪ってのが、またいやですよね。牛って、顔、怖いじゃないですか」

「おまえが言うか、おまえが」

一条のつっこみに、あおえは不満げに口を尖《とが》らせた。

「一条さんったら、牛みたいに無骨な顔とわたしの端整な顔とを、いっしょくたにしないでくださいよ。ほらほら、よぉくご覧なさいまし。この絹糸のような、繊細なたてがみを――」

あおえは自らのたてがみを、片手でさらさらと掻きやった。なるほど、なめらかさは絹糸に譬えられなくもない。

「さらにこの、静かな森の奥で眠る、神秘の湖を思わせるような紺碧《こんぺき》の瞳――」

瞬《まばた》きをせわしなく繰り返し、長い長いまつげをばちばちと強調する。

「そして、この、長く通った貴族的な鼻すじ――」

馬づらゆえに人間とは比べものにならぬほど長い鼻を突き出す。一条はすかさず、その鼻先を紙扇でぴしゃりと叩いた。

「ひ、ひどい！」

あおえは打たれた鼻を両手で押さえ、紺碧の瞳を潤ませ、繊細なたてがみを左右に激しく振った。

「何も叩くことないじゃないですかぁぁぁ」

「うっとうしいんだよ」

筋骨たくましい馬頭鬼に涙目で非難されても、一条は一向に動じなかった。それどこ

ろか、

「牛だの、馬だのの怪異が続くのも、ひょっとして、冥府の獄卒であるはずのおまえが、現世にいつまでも留《とど》まっているせいじゃないだろうな」

と、疑いの目を注ぐ。

「なんて、あんまりなおっしゃりよう……」

あおえはこぼれ落ちる大粒の涙を、水干の袖でそっとぬぐった。

「馬頭鬼、牛頭鬼《ごずき》が大挙して押し寄せてきたというのならともかく、わたしひとりで世界がそこまで影響を受けるはずもないじゃありませんか。本当に……わたしなど、遠い浜辺に流れ着いた小さな桜貝も同然。あるいは、冬空の下で寒さに震える、ひとりぼっちの傷ついた小鳩《こばと》……」

夏樹は黙って白湯《さゆ》をすすった。あおえの感傷的な発言がいったん落ち着いた頃を見計らって、話をもとに戻す。

「まあ、御所に出たのは牛頭鬼じゃなく、でかい黒牛だから、冥府とは関係ないと思うけど。一条はどう思う？」

「情報が少ないから断言できないが、まあ、無関係だろう。宮中を騒がせて、閻羅王《えんらおう》が得をするとも思えん」

胸の内を吐き出して立ち直ったのか、あおえは泣くのをやめ、興味深そうに耳をぴく

ぴくさせて、ふたりの会話に聞き入っていた。それればかりか、

「御所って怖いですねえ。しょっちゅう物の怪が出るんですもの」

と、鬼にあるまじきことを言う。

「それだけ、あそこの闇は深いってことさ」

一条は皮肉っぽく、そうつぶやいた。

「後宮内の妬み、そねみ、だけじゃない。誰もが、少しでも這《は》いあがろう、政敵の弱点を探ろうと目をぎらつかせている……。その分、活気があって華やかとも言えるがな。要するに、何が出たっておかしくない。承香殿の女御も敵は多いはずだし、今度の物の怪も、そういった政敵の呪詛《じゅそ》の可能性は高いよ」

「弘季どのは呪詛なんか……！」

「当人も知らぬうちに利用されたってのはあり得る」

「そうか。その可能性もあるのか」

弘季の無実を信じて疑わない夏樹は、すぐさまその意見にしがみついた。

「あるとしたら、絶対、それだと思う。問題は、どうやったら無実と立証できるかだけど……」

夏樹はすがりつくような視線を一条にぴたりと据えた。されたほうは露骨に迷惑そうな顔をして、友人を睨《にら》み返した。

「頼む、一条」

断られる前に言わねばと、夏樹は早口になった。

「弘季どのの潔白を証明してほしいんだ」

「そうくると思った」

一条はため息をついて、炭櫃の灰を大きく掻き廻した。

「あっ、あっ、だめですよ、一条さん」

突然、あおえがあわてふためき出した。彼が心配しているのは餅だ。

「そんなに灰を掻き廻したら、お餅が灰まみれになっちゃうじゃないですか」

「なら、こうすればいいんだろ」

一条は、灰の中に落ちた餅を火箸でぐさりと突き刺し、餅についた灰をふうと吹き飛ばした。もうもうと灰が舞いあがり、あおえはやれやれと肩をすくめる。

「お部屋が汚れるじゃありませんか。やめてくださいよ。お掃除をするのはわたしなんですからね」

馬頭鬼の抗議には知らん顔をして、一条は夏樹に言った。

「安請け合いはしたくないな。だいたい、さっきも言ったはずだが、弘季どのが潔白なら、遅かれ早かれ解放されるはずだ。心配したってしょうがないだろ。へたに関わると、

「あのな」

逆におまえが疑われるぞ」

　餅付きの火箸を突きつけられ、夏樹は瞬間、ぎょっとした。

「ぼくが？　どうして？」

「おまえのいとこは、弘徽殿《こきでん》に仕える女房だ。なんだかんだで、左大臣とも交流がある。新蔵人《しんくろうど》もきっと、承香殿の懐妊が嬉《うれ》しいはずはあるまいとまわりは考えるわけだ」

「そうとも、嬉しくない。心配なことだらけだ。しかし、それを公言してはまずかろう。母親に問題は数々あれど、生まれてくる御子にはなんの罪もないのだから。

「お世継ぎがお生まれになるのはめでたいじゃないか。母君がどなただろうとも」

「おおかたの連中はそんなふうに思わない。だから、いまは自重しろ。弘季どのは滝口《たきぐち》の武士の中でも人望厚い。それほど、むごい扱いは受けまい」

　一条の言うことも理解はできる。実際、そうなのだろう。しかし、

「季長《すえなが》どのが心を痛めていると思うと……」

　夏樹は胸をふさぐやりきれなさに、それ以上、言葉を出せなかった。


　当の季長は、ちょうどそのころ、夏樹の邸へと来ていた。

　父親が承香殿女御への呪詛の嫌疑で捕縛されたと聞き、彼はすぐに右大臣家へ出向い

た。しかし、その対応たるや、とてもひどいものだった。

右大臣本人に逢《あ》えないのはなかば想像していたが、門番からして、とりつくしまもない。やっと奥から家人《けにん》が出てきたかと思うと、はなっから犯罪者扱いである。

そもそも、犀角を携えて父親と最初にこの邸へ出向いたときから、季長は右大臣にあまりいい印象を持てなかった。大貴族など、ああいうものだと父は言うが——あんな肩の凝る連中を相手にするくらいなら、ずっと田舎《いなか》で暮らしていたほうが気楽だと思う。都での仕官も、どうにかして逃げられないものかと思案していた矢先に、今回の事態である。

季長はまだ上洛《じょうらく》して日も浅く、知り合った人物もほんのわずかしかいない。そのわずかな中の、唯一頼れそうだとみなしたのが、新蔵人の夏樹だった。

まだ歳《とし》若いが、蔵人の職務についているなら、それなりに人脈もあるのだろう。ひととなりも、けして悪くはなかった。

(きっと、あの御仁なら……)

そう期待し、正親町《おおぎまち》の邸まで出向いたのに、応対に出た年配の女房は、夏樹の不在を告げた。ただし、こちらの女房は右大臣家の家人のように横柄ではなかった。

「申し訳ございませんねえ。そろそろ、お戻りになられる頃だとは思うのですが……。ああ、もしかしたら……」

女房は少しばかり声を落としてささやいた。

「お隣かもしれませんわ」

「隣ですか。では、さっそく……」

すぐにも行こうとする季長を、彼女はあわてて止めた。

「お待ちなさいませ。こう申してはなんですが、お隣の邸へ行かれるのだけは、お勧めいたしかねますわ」

「ご迷惑なのは承知の上です。どうしても、わたしは新蔵人さまにいますぐお逢いしたく」

「わたくしは、あなたの心配をしているのですよ。お隣の邸になど、うかつに行くものではありません」

女房は妙なことを言いだした。冗談でも、意地悪でもなく、本気で言っているらしい。

「お隣に……何か、差し障りでも？」

「差し障りどころか。あそこは物の怪の巣窟です」

「物の怪」

都は物の怪ばかりなのかと、季長は苦々しく思って繰り返した。女房はうなずき、畳みかけるように言う。

「ええ。もうずっと以前から、お隣の邸は物の怪邸と呼ばれておりましたのよ。本当に、いろいろと不思議なことが起こって、どんな豪胆な住人も三日ともたずに逃げ出していたのです。ところが、二年近く前、陰陽師があそこへ引っ越してまいりましてね」

「陰陽師」

「ええ。さすが本職の物の怪使いとでも申しましょうか。その者だけは邸の怪異にもめげず住み続け——いえいえ、よりいっそう頻繁に怪異が起こるようになっても、どこ吹く風。こちらの邸にまで飛び火はしておりませんが、どうにも薄気味悪くて。お隣の邸の不気味さを理由に、うちを辞めていく家人までおりますのよ。本当に困ったものですわ。なのに、夏樹さまときたら、あちらにしょっちゅう、入りびたって」

「物の怪が出る邸にですか」

「そうなんですの。乳母《めのと》であるこの桂《かつら》の忠告にも、いっこうに耳を貸してくださらないんです。あんな怪しげな者と関わっては、絶対にろくなことになりませんのに」

その意見には季長も同感だった。

彼の父は都の大貴族という、季長から見たら物の怪にも等しい存在と関わり合い、あげく本物の物の怪を呼び寄せてしまった。このうえ、物の怪使いの邸へ出向くなど、御免蒙《こうむ》りたいのが本音だ。が、ここまで来て退くわけにもいかない。

心配性の女房に丁寧に礼を言い、季長は隣の物の怪邸へ足を運んだ。いかにもの雰囲気漂う古くさい門の前に立ち、自分を奮い立たせるために大きく深呼吸していると——

門扉が開いた。

驚いて中を覗《のぞ》く。が、誰もいない。物の怪邸の名にふさわしい、古ぼけた寂しい家屋が建っているだけだ。

季長はぞっと身を震わせた。いまさらながら、ちょっぴり後悔をする。

これは武者震いだと自身に言い訳し、物の怪邸の敷地内へと一歩踏みこむ。枯れ草だらけの前庭をまっすぐ進む。その彼の視界の隅で、何かがさっと動いた。

とっさに振り向いた視線の先に、女童《めのわらわ》がひとり、立っていた。

小柄なのに、妙に大人びた印象の子だ。肩で切りそろえた尼そぎの髪に、赤い飾り紐《ひも》を結んでいる。装束は濃い赤が裾に向かうにつれ黒に染まっていく、裾濃《すそご》（グラデーション）の袿。

さっきまで周辺には誰もいなかったのに、どこから現れたのか。それを問う間もなく、女童は突然、身を翻して駆け出した。

「あっ、待って」

反射的に、季長は追った。相手は幼い子供だ。すぐにも捕まえられると思っていた。しかし、女童の足は存外に速い。

ほんのわずかな距離を埋められぬまま、季長は建物の角を曲がった。そのときにはもう、彼女の姿は跡形もなく消えていた。

季長が驚きの声をあげたのは、女童がいなくなったからではなかった。枯れ草が茫々《ぼうぼう》と繁《しげ》る荒れ野のような庭に、異形《いぎょう》の者が立っていたからである。

上半身は裸で、腰布を巻きつけているだけ。なのに、腕輪に足輪、首飾りと、まるで仏像に施されるような豪華な装身具を身にまとっている。

真冬にはふさわしくない異様ないでたちだが、最も異様なのはその顔だった。

身体はたくましい男性のもの。首から上は牛――牛頭人身の妖鬼が、戟《げき》を手にして庭に立っているのである。それも方天戟《ほうてんげき》を。槍《やり》の穂先に、月牙《げつが》と呼ばれる三日月状の刃が左右対称についた、殺傷力の高い武器だ。

季長はすかさず太刀《たち》を抜いた。

御所で大暴れしたのは、牛の物の怪だった。それを人づてに聞かされていた彼の前に、首から上が牛の妖物《ようぶつ》が出現したのである。恐怖は一気に怒りへ、闘志へと転換された。

「出たな、物の怪！」

気合とともに、白刃を大きく振るう。が、それは相手の身に到達する前に、方天戟の月牙で止められた。

じん、と重い振動が季長の腕を震わせた。顔をしかめる彼に、鬼は低い声で言った。

「いきなり斬りかかってくるとは無礼なやつだな」

「しゃべれるのか!?」

「馬鹿にするな」

方天戟が太刀を弾《はじ》きあげた。危うく、季長は柄《つか》から手を離しかけたが、なんとか持ちこたえて後方へ跳ぶ。戟の届く範囲を考慮して広く距離を取り、相手の背後へ廻ろうと走った。

「させるか」

季長の意図するところを読み取ったのか、鬼も背後を取られまいと、並行して走る。さらに、戟を連続して繰り出してくる。

方天戟を相手に打ち合うなど、季長にとっては初めての体験だった。普通の槍と違って三方向に刃が向いている分、動きが予測しにくい。

しかも、この鬼は相当の使い手だ。力も半端ではない。

かわすのが精いっぱい。隙などとても見出《みいだ》せそうにない。

しかし、彼は逃げるつもりも、負けるつもりもなかった。そんなことをしたら、父に合わす顔がない。そう思い詰めていた。

にわかに庭から聞こえてきた剣戟の響きに、夏樹は危うく餅を喉に詰まらせそうになった。

「な、なんだ⁉」

急いで外へと走る。一条とあおえもついてきた。庭に面した簀子縁《すのこえん》に鈴なりになった三人が見たものは――激しく闘う季長と牛頭鬼のしろきだった。

「季長どの⁉」

「しろき！」

夏樹の声も、あおえの声も、彼らの耳には届いていない様子だった。

「どうしたらいいんだ……」

「ああ、もう、しろきったら」

あせるふたりに対し、一条だけは湯飲みと餅を串刺しにした火箸をしっかり両手に握り、勾欄《こうらん》に肘をついて、

「ふうん、あれが東国の田舎武士か」

と、のんびり高みの見物を決めこんでいる。

「おい、そんなこと言ってる場合か。どうして、しろきがここにいるんだよ」

「知るか。おおかた、もとの同僚に逢いに来たんだろ」

「あっ、もしかしたら閻羅王さまのお怒りが解けて、冥府へお迎えに……」

あおえが言い終えるより先に、「ない、ない」と夏樹と一条は口をそろえて否定した。

「とにかく、まずいぞ。あのふたり、なんとか止めてくれよ」

「どうして。面白いのに」

一条はこのまま無責任に観戦していたいらしい。

「おお、田舎者のほうも、がんばってる。がんばってる」

確かに、季長としろきの闘いは見ものだった。体格的なものとそれぞれの武器の特性を考えると、しろきのほうが俄然《がぜん》有利なのだが、季長はそれを俊敏さと気迫で補おうとしている。がたがた震えて逃げ出しても無理はないのに、たいしたものだ。

が、気迫だけではどうなるものでもない。打ち出す太刀はことごとく戟に止められ、季長は自然と後方に押されていき、額に大粒の汗をかき始めていた。

一条が餅をほおばりながら、つぶやく。

「勝負は見えたな」

「じゃあ、止めるぞ」

簀子縁から飛び降りようとした夏樹の袖を、一条がつかんだ。

「いいんじゃないか、止めなくて」

「どうして？」

返ってきたのは、どこか邪《よこしま》で、それゆえにひどく妖艶に映る笑み。

「しろきは冥府の現役獄卒だ。敗者をそのまま引っぱっていってくれるだろうから、あと腐れはない」

「おまえ……！」

一条につかみかかろうとした夏樹のすぐ横を、何かが飛んでいった。驚いて動きを止めた彼の脇、簀子縁の床板に、太刀が突き刺さっている。

一瞬、何が何やらわからなかったが、庭を振り返ってみて得心がいった。

季長が枯れ草の上に倒れていた。しろきの方天戟の、刃とは反対側の石突《いしづき》が彼の胸もとを押さえていた。

大の字に転がっている季長の手に太刀はない。弾き飛ばされたのだ——そして、太刀は簀子縁まで飛んできて、床板に刺さった。夏樹が動くのがもう少し遅かったら、どうなっていたことか。

一条はもしかしてそこまで予想し、夏樹を守るためにあんな非情な台詞を吐いたのか。

(まさか、いくら一条でもそこまでは……。だけど、もしかして……)

判断をつけ難く、夏樹が呆然《ぼうぜん》としている間に、一条は庭のふたりに声をかけた。

「そこまででいいだろ、しろき。そいつはもう丸腰なんだから」

応じるように、しろきが方天戟をひいた。季長はゆっくりと起きあがり、目を丸くして簀子縁の上の三人を見ている。彼らの存在に、いまやっと気づいたらしい。

夏樹はともかく、そこにいるのは馬の頭をした鬼である。そして、髪を垂らし、狩衣を着崩した、尋常でない美形もいる。

「お隣の女房から物の怪邸とは聞いていたが……」

季長は言葉を続けられずに黙りこんだ。この邸のありようは、彼の理解を超えてしまったらしい。夏樹はいたく同情した。

「季長どの……。あの、とにかく、そんなところではなんだから、こちらに……」

夏樹がひきつった笑顔で勧めると、季長はふらつきながら簀子縁に近づいてきた。しろきとも、あおえとも、一条とも距離をとり、夏樹のそばに立つ。簀子縁にはあがらない。そこまで警戒心を解いてはいないらしい。

「いったい、これは……ここは……」

「ご安心ください。少しばかり妙な顔をした者もおりますが――害はありませんから、害は」

夏樹が苦しげに保証すると、しろきは眉間にぐっと皺《しわ》を寄せて怖い顔になった。

「その男がいきなり斬りつけてきた。害があるとしたら、そいつのほうだ」

「そうなんですか、季長どの？」

問われて、季長は困惑ぎみに小声になった。

「それはそうですが……。しかし、物の怪だと思えばこそ……」

「物の怪じゃ、ありませんってばぁ」

口を挟んだのは、あおえだ。

「よく誤解されるんですけど、わたしも、しろきも、一条さんの式神じゃないんですよ。冥府の獄卒です。死者を統べる閻羅王さまの配下ですよぉ」

「おれはな。いまのおまえは追放中。獄卒でもなんでもない。人間に飼い殺しにされている、馬頭鬼の面汚しだ」

「ひどい！　そこまで言う⁉」

かつての同僚の鋭い指摘に、あおえは身悶《みもだ》えして叫んだ。すかさず、馬頭鬼の後頭部を一条が紙扇で打ち据える。

「うるさい」

餅をくちゃくちゃ噛《か》みながら、彼は冷たく言う。あおえは打たれた後頭部を両手で押さえ、簀子縁にうずくまっている。なんとも奇妙な光景に、季長は啞然《あぜん》としていた。

「あの、季長どの、紹介しましょうか」

なんとか混乱を正そうと、夏樹は自ら進んで説明役を買って出た。損な性格だと自分でも思いながら。

「こちらがこの邸のあるじで、通り名を一条と申します。陰陽寮《おんみょうりょう》で勉学中の陰陽生なのですよ。あの馬頭鬼はあおえといって……ここの居候です。もとは冥府の獄卒でしたが、いろいろありまして。で、こっちの牛頭鬼はしろきといって……あおえの親友とでも申しておきましょうか」

不機嫌そうな鼻息が、牛の鼻から勢いよく放たれた。

「親友?」

「あっ、訂正しましょう。もと、同僚です。ときどき、あおえの様子を見に来て……」

「誰がそんなことをするか」

夏樹は笑顔をひきつらせた。

「じゃあ、しろきは何しにここへ?」

「仕事の寄り道だ。少し、気になることがあったからな」

その言葉を聞くや否や、うずくまっていたあおえが、がばっと起きあがった。

「やっぱり、わたしのことが気になって来た?」

しろきがずかずかと簀子縁にあがってきて、方天戟であおえをど突き廻そうとしたので、夏樹はあわてて間に入った。このふたりの間に入って仲裁役をやるのも命がけである。

「まあまあ、落ち着いて、落ち着いて。とりあえず、ほら、中に入って。こんな寒いところじゃなんだから。ほらほら、季長どのも、どうぞ、どうぞ。一条も、餅ばっかり食ってないで。あ、季長どの、申し訳ないですが、太刀はしばらく預からせてください。お帰りのときにお渡ししますから。いろいろと、その、振り廻されると困りますので。ほら、みんな、さっさと行って。炭櫃にあたって、あたって」

なぜ、こんなに他人の世話を焼かねばならないのか。ここは自分の邸でもないのに。そんな思いが夏樹の脳裏をよぎったが、とにかく笑顔で場を取り繕い、全員を炭櫃のそばへと追い立てていった。一条は餅を食いつつ、あおえとしろきはぶつくさ言いながら、季長はいまだ信じ難いとでも言いたげな面持ちで炭櫃の周囲に腰を下ろす。

「とりあえず、それぞれの紹介は済んだところで――」

夏樹が場を仕切ろうとすると、しろきが不満そうに発言した。

「そっちの人間が誰か、聞いていないぞ」

「あ、ぼくの知り合いの息子さんで、名は季長どの」

変にこじらせたくなかったので、夏樹は手短な説明で済ませた。それでしろきが納得するはずもない。

「なんでまた、いきなり斬りつけてきた?」

と、しつこく季長にからむ。もとからの顔も怖い。声も低くて怖い。問答無用で斬りつけられて、機嫌がいいはずもない。季長も負けじと、険しい表情でしろきを睨みつけている。

「まあまあまあ」

今度は、あおえが仲裁役を買って出た。

「物の怪邸なんて噂《うわさ》のあるところに、このひとはたったひとりで入ってきたんですよ。

そこでこんな牛の化け物といきなり出くわしたなら、そりゃあ、斬りつけたくもなりますよ。ねえ、季長さんとやら？」

季長はなんと応えていいものか迷っているふうだったが、ひと呼吸おいてから、あおえにうなずき返した。

「ああ、そんなところだ」

くすくすと、一条が笑う。

「昨日、御所に黒牛の物の怪が出たばかりだからな。それと混同したんだろう」

季長の顔が赤く染まる。図星だったらしい。

一条がまた笑う。季長の顔はますます赤くなり、耳まで同じ色に染まってしまった。

彼がかわいそうになってきて、夏樹が助け舟を出した。

「外野は黙ってて。季長どのはぼくに逢いに来てくれたんだから。ですよね、季長どの？それで、ぼくはこっちだと桂に……うちの女房に聞いたのでしょう？」

季長はまた、うなずいた。しゃべる気力もなくしているらしい。

それもそうだろう。牛頭鬼と馬頭鬼に、性格の悪い陰陽師の卵。どれをとっても、季長には荷が重かろう。

説明されずとも、夏樹には彼がここにいる理由が想像できた。

季長は都に出てきて日も浅い。なのに、父親がわけのわからない嫌疑をかけられて捕縛され、どうしたらいいか途方にくれているはず。そんな中、夏樹くらいしか、頼る相手が思いつかなかったのだろう。

「弘季どののことは聞いていますよ。本当に驚きました」

弘季のことに触れると、季長はびくりと肩を震わせた。やはり、その件で訪ねてきたらしい。

「実はちょうどいま、弘季どのの潔白を証明する手はないものかと、この一条に相談を持ちかけていたところだったのですよ。こう見えても、一条は都で高名な陰陽師、賀茂《かも》の権博士《ごんのはかせ》の愛弟子《まなでし》で、鬼神を操る技など素晴らしいものがあるんです。ぼく自身、いままでも何度か彼に危ないところを助けてもらったことがあるので、よく知っているんですが、このように馬頭鬼を居候にかかえるくらい有能ですからね」

夏樹は熱心に一条を売りこんだ。なんとかして、季長の信頼を勝ち得たいと思ったのである。

何しろ、一条は中身はどうあれ、見た目がきれいすぎる上に若すぎる。陰陽師として信用してもらえるかどうか、いささか心もとなかった。

が、夏樹の心配は杞憂《きゆう》にすぎなかった。というか——季長は大きな勘違いをしていたのだ。

「このかたが……陰陽生の。女性《によしよう》の身で、そのような力をお持ちとは」

その言葉を耳にした途端、誰しもが固まった。冗談かもと疑ったが、季長は本気だった。顔を赤く染め、一条の顔をまともに見られないのか、うつむいている。

ひと呼吸おき、夏樹は彼の間違いを正そうと口を開いた。が、その顔面を、鷲《わし》づかみにされる。天狗《てんぐ》の団扇《うちわ》のようにでかいその手は、あおえのものだった。

口ばかりか鼻までふさがれ、呼吸困難に陥って夏樹がもがいている間に、あおえは本当に嬉しそうに季長に話しかけた。

「ええ、ええ。一条さんは見た目はこうですけど、安心してください、陰陽師としての力は一級ですから。どーんと、大船に乗った気持ちで、どーんと、ねっ、ねっ」

たくましい馬頭鬼に満面の笑みで保証されて季長も少し退《ひ》き気味だった。それでも、いくらか慣れたのか、無愛想なしろきよりはましと思ったのか。顔をあげて、あおえをまっすぐにみつめる。

「力になっていただけるのでしょうか」

「そりゃあ、もう。この、花をも欺く美貌の一条さんが」

季長が一条に視線を移す。若武者の真摯なまなざしにたじろぐこともなく、一条は無表情にあおえの後頭部を殴った。こぶしで。加減もなしに。

「その手を離してやれ。夏樹が死にかけてる」

言われるまでもなく、あおえはすでに手を離していた。殴られた後頭部を両手で押さえて、うずくまっていたのだ。解放された夏樹はぜいぜいと肩を波打たせて、肺に不足していた空気をむさぼる。

季長は、一条の乱暴さにあっけにとられていた。

「さすが……、都の女人は……」

「まだ言うか」

琥珀《こはく》色の冷たいまなざしに、季長は息を呑《の》んで沈黙する。

なぜか、一条は彼の前でいつもの猫かぶりを演じない。それにひどく無愛想だ。なまじ容姿が整っているだけに、冷たい態度をとると、普段の何倍も非情な雰囲気が漂う。

「烏帽子を着用していないからといって、女と間違うな。この田舎者」

季長の顔色が、赤から一気に青へ変わった。瞬時に事情を理解し、その場にひれ伏して、

「これは……とんだ失礼を……」

あとは小声になってよく聞き取れない。夏樹は彼が心底、気の毒になってきた。

「まあ、その、一条のこの格好だと、間違えても無理はないから。ほら、白拍子《しらびょうし》なんてよく男装してるし」

「はい、都にのぼる途中でも白拍子の一行と行き合ったのですが、その折にちらりと垣《かい》

間見《まみ》た舞姫よりも美しかったもので――」

言い訳にもお世辞にも聞こえるようなことを口にしたのを恥じたのか、季長は唇を噛み、言葉を中途で呑む。こんな純粋な若者を嬲《なぶ》るのはかわいそうだという思いを、夏樹はなおさら強くいだいた。いつも世話になっている弘季のためにも、季長自身のためにも、やはりなんとかしてやりたくなる。

「一条、ぼくからも改めて頼むよ。弘季どのの潔白を証明する手立てを考えてくれないか」

「おまえにそこまで言われるとな」

もう少し渋るかと思いきや、珍しく前向きな発言だった。

「その物の怪の正体、見極めるところまでは手を貸そう。だが、その後は知らない。どうするかは、季長とやらが決めればいい」

「かたじけない」

季長は安堵《あんど》の息を吐き、さらに深々と頭を下げた。やっと父を救う手立てがみつかって、いままでの緊張が一気に解けたような感じだった。

夏樹としても望み通りの展開になったのだが――一条の季長に対する態度の悪さを見ていると、素直には喜べない、かなり複雑な気持ちだった。

賀茂の斎院《さいいん》が住まう斎院御所。その一室で、馨《かおる》は客人を迎えていた。御簾越しに対面している相手は、賀茂の権博士である。

馨は賀茂神社の祭神・賀茂別雷大神《かもわけいかずちのおおかみ》に仕える斎王《いつきのみこ》。賀茂の神は、名前の一部が共通することからもわかるように、権博士の家系の祖神とされていた。

そういったわけで、馨と賀茂の権博士の間には浅からぬ繋《つな》がりがある。とはいえ、そうしょっちゅう行き来をしているわけでもない。権博士は権博士で陰陽寮の仕事がいそがしい。馨も、国家が任命した、神に仕える特別な巫女姫《みこひめ》である。日々の祭事など、やらねばならぬことは山積みなのだ。

「珍しいな、権博士」

「宮さまにおかれましては、ご機嫌うるわしゅう……」

「堅苦しい挨拶はいい。それより、ちょうどいいところに来てくれた。聞きたいことがあったのだ」

御簾のむこうで、馨が身を乗り出す気配が伝わってきた。

「後宮に物の怪が出たとはまことか?」

権博士は秘《ひそ》かに苦笑した。斎院御所の奥深くの、俗世と切り離された環境にいる身でも——いや、だからこそ、抑圧された好奇心は立派に育つものらしい。

「もう、お耳に届きましたか」

「届くとも。この斎院御所には、後宮の女房たちもしょっちゅう出入りしている。彼女らが運んでくる話はなかなか面白いぞ。面白さ優先で正確さを欠きがちなのが、玉に瑕《きず》だがな」

「だからといって、真相をご自分の目でお確かめになろうなどと、お考えになりませんように」

釘《くぎ》は刺したが、まったく効力がないことぐらい、権博士も承知の上だった。

なにしろ、馨は帝《みかど》の同母妹。『運命の姫君』を探し求めに、お忍びで御所を脱《ぬ》け出すことも厭《いと》わない、あの帝の、だ。実際、馨は男装して斎院御所を脱け出し、危険も顧みず単独行動をとった過去があった。

「権博士は、その場にいたらしいな。恐ろしげな物の怪にたったひとりで果敢に立ち向かい、陰陽の術で撃退したと聞いたぞ」

「もはや、その時点で正確さを欠いておりますね。果敢に立ち向かっていったのは滝口の武士たちですよ。陰陽の術で撃退といっても、物の怪は火に驚いて逃げ去っただけのことでございます。それもどれほどの効果があったのかもわかりません。確実に倒せたわけでもないのですからね」

「物の怪を手引きした者が、滝口の武士の中にいたと聞いたが……」

「それもまだ、定かではは。むしろ、その武士は他の何者かに陥れられた可能性が高いかと」

「ふうん」

檜扇《ひおうぎ》を閉じたり開いたりする音が聞こえた。馨が檜扇をもてあそびながら、何かよからぬことを考えているらしい。

この話題を長く続けるのは危険かもしれないと、遅まきながら権博士は思った。相手は普通の姫君ではない。都の平安を脅かす物の怪を探しに、御自ら乗り出していきかねないのだ。

「ときに、宮さまは先ごろ、星見《ほしみ》をなさったとか……」

「ほう」

檜扇の開閉の音がやんだ。代わりに衣擦《きぬず》れの音がして、御簾の片側が持ち上げられ、そこから、馨が興味津々の顔を覗かせた。

馨は白と白を重ねた氷 襲《こおりがさね》の小袿《こうちぎ》を身に着けていた。変化を与えるためか、表の白は光沢のあるものを用いている。斎院の気高さともあいまって、輝くばかりの美しさだ。

容姿といい、血筋といい、申し分のない姫君なのだが、本来、この時代の姫君は家族以外の男に簡単に顔を見せたりはしない。なのに、彼女はまったく物怖《ものお》じせず、扇で顔を隠そうともしない。権博士もいまさら驚かない。

「誰からそれを聞いた？　命婦《みょうぶ》か？　小弁《こべん》か？　それとも、淡路《あわじ》か？　あれはかなりのおしゃべりだからな」

　権博士はにっこりと微笑《ほほえ》んだ。

「あいにくと、こちらの女房の名をすべて知っているわけではありません。それに、知っていたとしても、あえて誰とは申しあげずにおきましょう。あとでその者が宮さまに叱られては気の毒です」

「なら、聞くまい。で、そのことで文句を言いに来たのか？　陰陽師のお株を奪うなとでも？　意外に心の狭い男なのだな」

「まさか。どうして、宮さまに文句など申しあげましょうや。このところ、夜空には雲がかかりがちで星見などままなりませんでしたのに、どうしてそれがかないましたのか、秘訣《ひけつ》を伝授していただきたく思ったまででございます」

　馨は鼻で笑った。

「秘訣などあるものか。たまたまだ。ほんのつかの間、雲が晴れたときにみつけた。あれは東の空だった」

「どのような星でございましたか」

「よくわからない。色も定まらない。くるくると変わっていって、つかみどころがなさすぎる。だからこそ、怖い星だと思った」

怖いと言いつつも、彼女の表情は恐れではなく好奇心でいっぱいだ。

「その星が、宮中の物の怪と何か関係あるのか」

「それはまだ、なんとも申しあげようがございません。ただ、あまりにも両者の出現の時期が合いすぎますゆえ、関連ありと考えますのが自然かと。この目で確かめられればいいのですが、今年は夜空が晴れ渡るときが少なく……」

「雲が晴れたら、みつけられるだろう」

馨は顔を上げてそう言った。内容はいたって当たり前のことだが、斎王の言葉だけに、まるで聖なる予言のごとく響く。天井や屋根や、雲や昼の光をも突き抜けて、彼女の瞳は禍《まが》つ星の瞬きを実際にとらえてでもいるかのようだ。

「宮さま。そのように楽しげに言ってくださいますな」

「楽しげになど言ってはおらぬぞ」

「充分、そのように聞こえましてございます。他ならぬ、御身は賀茂の斎院。お慎みください」

「みながそう言う。いったい、何を慎めというのやら」

自分自身のことを本当にわかっているのか、いないのか、馨は肩をすくめて笑った。

「わたしは、毎日毎日、都の平安を神に祈っているのだぞ。承香殿の女御が無事に主上《おかみ》の御子を生んでくれることも望んでいるとも。いや、腹は誰の腹でもかまわんが」

不謹慎なことをさらりと言ってのける。

「物の怪退治に力を貸すことも厭わない。わたしにできることがあるなら、遠慮なく言ってみよ。のう、権博士」

ためらいも恥じらいもなく、にじり寄ってくる。権博士は涼やかな笑みを保ったまま、近寄ってこられた分、用心深く後ろにさがった。

「宮さまはこれからもお変わりなく、都の平安を祈っていただきとうございます。物の怪退治は、わたくしたち陰陽師にお任せを。それでは」

権博士は失礼にならぬ程度に急いで退室していった。残された馨は露骨に不満げだ。

「逃げられたか」

再び檜扇をもてあそんでいると、斎院の女房が権博士の席を片づけにやってきた。

「これ、淡路はどうした？」

「あの子でしたら、糺《ただす》の森へ寒椿《かんつばき》の花を摘みにまいりましたわ」

「また、どうして」

袖で口もとを覆って、女房は小さく笑った。

「あの子は権博士どのの信奉者でございますから。花もなしでお迎えするのは心苦しいと、舎人《とねり》を連れてあわてて出て行きましたわ。あそこなら、他より早くに花開く椿があるとかで。けれども、間に合わなかったようでございますわね。権博士どのも、あわただしいお帰りで」

「うむ。あの者も何かといそがしいからな。なに、花を摘んできたなら、それは賀茂の大神に捧げよう。権博士の氏神だ。どっちに手向けようと大差あるまい」

女房は複雑な表情を浮かべた。かなり違うと彼女は言いたかったのだが、説明したところで宮さまにはご理解できまいと黙ってしまったのだった。

斎院に仕える女房の淡路は、自分の行いがまったくの無駄になるとも知らずに、糺の森を歩いていた。

いっしょにいるのは、まだ髪を結い始めて間もないような若い舎人である。淡路のほうが早足で、舎人は地表に張り出した木の根や堆積した落ち葉に足をとられ、歩みも遅れがちになっている。

「淡路さま、少々お待ちを……」

たまりかねて呼びかけた舎人を、淡路はキッと睨みつけた。振り返った顔は、まだ幼い。女房というより女童のようだ。あせっているために、声も甲高くなっていた。

「何を言うのよ。早く斎院御所に戻らないと、権博士さまと行き違いになってしまう。そうしたら無駄足になるのよ。さあ、早く、早く」

「ですが、あのかたは花があろうとなかろうと、気になさるおかたではないようにお見受けいたしますが。淡路さまがご自分を印象づけたいと願っておいでなのは、よくわかります。しかし、権博士さまにはすでに意中のかたが宮中にいらっしゃ……いえ、これはあくまでも噂でございますが」

最後のひと言は、淡路の形相に恐れをなして付け加えたものだった。

「そんなつまらないことまで言わなくていいの！　おしゃべり！」

淡路はいらだたしげに足を踏み鳴らした。

「もう、使えないったら。いいわ、場所はわかっているのだし、わたしひとりで行ってくるわよ」

宣言通りに淡路は小走りになる。舎人はあわてて、彼女のあとを追った。

走るといってもたいした距離ではない。ほどなく、ふたりはお目当ての場所にたどり着いた。

「ほら、あそこ。満開だわ！」

淡路の指差す先に、寒椿がひとかたまりになって咲いている。冬枯れの森の中で、花の赤、葉の艶《つや》やかな緑はことさら鮮やかだ。

「これならば、きっと――」

淡路はうっとりとつぶやく。彼女の脳裏には、あの賀茂の権博士をそっと呼び止める自分の姿が浮かんでいた。当然、想像の中では両者ともかなり美化されている。

振り返った権博士はわずかに微笑み、小首を傾《かし》げている。自分は御簾の陰から椿を一輪、そっと差し出す。鮮やかな赤い花に結びつけているのは、薄様《うすよう》の文《ふみ》。選びに選んだ高級紙だ。そこには渾身《こんしん》の恋歌がしたためられている。

権博士は椿の花の美しさ、薄様の趣味のよさに、切れ長の美しい目を細めて受け取るだろう。受け取らないはずがあろうか。

そして、ふたりは寒椿の花よりも赤く激しく燃える恋の炎に包まれ――

「ふふ……」

椿の花という小道具ひとつで、自分を主役に据えた架空の恋物語にひたりこむ。

そんな淡路の表情が、陶酔から驚愕《きょうがく》へと変わった。椿の茂みが、突如、がさがさと激しく揺れ動いたのである。

「何？」

「淡路さま！」

舎人が彼女をかばって背後に押しやった。そうして寄り添うと、両者とも幼さがより目立つ。いかにも非力に見える。

そんなふたりの前に、茂みの中から起きあがった黒いものが立ちふさがった。それは、並はずれて巨大な生き物だった。

夜になり、ひと通りが少なくなるのを待ってから、夏樹たちは正親町を出発した。

総勢五名。人間は夏樹と一条と季長の三人。加えて、牛頭鬼ひとりに、馬頭鬼ひとりだ。

鬼たちはひと目をさけるため、それぞれに扮装《ふんそう》をしている。あおえは市女笠《いちめがさ》をかぶった女性の外出姿。しろきは網代笠《あじろ》を目深にかぶった僧兵姿である。

夏樹は普通に、烏帽子と狩衣。一条も外出するとあって、きちんと髪を結い、烏帽子を着用している。それでもまだ、季長は彼が女ではないかと疑っているらしい。

「都は何かと物騒だと聞いているし、ここで女人が一軒の邸を構えるのなら、男装するくらいの用心をしても無理からぬことかと思ったのに……」

と、複雑な面持ちでつぶやいているのを、夏樹は聞いてしまったのであった。

（おそらく……一条みたいなのが、季長どのの好みなんだろうなぁ……）

一条には、男装の美姫《びき》とはかくもあろうと思わせるような、神秘的な雰囲気がある。田舎から出てきたばかりの若者が目にするには、いささか刺激の強すぎる妖《あや》しさがある。

かくいう夏樹も、初めて彼と出逢ったときには驚愕したものだ。中身を知ったいまとなっては――いや、それでもときどき、息を呑む瞬間があったりはする。

（いいや、ほっておこう。どうせ、季長どのも遅かれ早かれ、一条の性格の悪さを知るだろうし）

夏樹はとりあえず、この問題を先送りすることにした。黒牛の物の怪のことを突き止めるのが先決である。

後宮で大暴れした物の怪は、東の方向へ逃げたという。そのまま東進したのだとしたら、正親町の近くも通ったはずである。

現に、昼間のうちに夏樹がそれとなく周辺の聞きこみを行ったところ、昨日の夜中、あわただしい蹄《ひづめ》の音を聞いたという者が、少数ながらみつかった。そういった証言をたどってみると、やはり、物の怪はまっすぐ東へ向かって突進したらしかった。

この結果報告に、あおえは納得して何度も長い頭を前後に振った。

「さすがは牛。猪突猛進《ちょとつもうしん》というやつですね」

しろきが低い声で真面目に訂正を入れた。

「猪突、というからには牛ではないぞ」

牛頭鬼だけあって、馬頭鬼に牛に関してああだこうだと言われるのが不服らしい。

「そもそも、牛の物の怪というのが気に食わん。本当にそれは物の怪なのか？　後宮で大暴れしたというが、人間のほうに非はなかったのか？」

どこまでも牛に好意的で、人間相手には懐疑的だ。

「人間のほうに非とは――それはわたしの父を指しているのか？」

季長が眉間に皺を刻んで、しろきを睨む。あわてて夏樹が両者の間に入った。

「まあまあ、いろんな可能性も含めて、これから真相を追求するんだから。いまからそんなに熱くならないで。なあ、一条？」

一条の返事は簡潔すぎて、素っ気なかった。

「ああ」

やっぱり非協力的だ。こんなことでうまくいくのかどうかと、夏樹が悲観するのも無理はなかった。

そんな夏樹の心配をよそに、一条はおもむろに懐から白い紙を一枚取り出した。手の中で器用に折り畳めば、小さな折り鶴が完成する。

「さて、飛ぶかな」

そう言いつつ、彼がそっと天に放つと、折り鶴はきれいに宙に浮いた。そればかりでなく、三角形の翼を優雅に、上下に羽ばたかせている。

紙の鶴が羽ばたく神秘に、季長がおおと感嘆の声をあげた。

「これが陰陽の術というものか。これならば……」

「あまり、期待してくれるな」

一条が冷たく言う。

「昨日の今日だから、痕跡をたどりやすいだけだ。獣皮の焼けたにおいもまだ微《かす》かながら残っているしな。あと半日経《た》っていたら、もう追えなかった。それでも、途中で見失うかもしれない」

何もそんな投げやりな言いかたをしなくてもと、夏樹はひとりで気を揉んでいた。言われた季長は特に気分を害した様子もない。

「なるほど、わかった」

と、おとなしく引き下がる。ぐずぐずと文句をつけるのは、彼の性分ではないらしい。

小さな鶴に導かれて、先頭を一条が行く。その後ろに体格のよすぎる市女笠の女と、同じくらい体格のよろしい僧兵が続く。最後に、夏樹と季長が肩を並べて歩いた。

なんだか妙な一行だなと、夏樹はわれながら思った。

（小規模な百鬼夜行《ひやつきやぎよう》みたいだ……。誰かに見られたら困ったことになるかもなぁ）

しかし、陽《ひ》が落ちてからの都に人影はほとんどなかった。時折、忍び歩きの牛車《ぎつしや》と行き合ったりはするが、車輪の音で前もってわかるので、そういうときは夏樹たちも物陰に隠れてやり過ごした。

「一条どのは怒っておられるようだ」

唐突に、季長が小声でそうつぶやいた。

「当然か。自分が、女人と間違えるような無礼なことをしでかしたのだから」

それはたいして関係ないのではないかと夏樹は推測したが、どう説明していいのかがわからず、言葉を濁した。

「まっ、あまり気に病まないでくださいよ。あれは当人の性格もありますから。顔に似合わず、相当のひねくれ者なんです、一条は」

「そんな、しんく……」

職名での呼びかけを、夏樹は途中でさえぎった。

「ああ、もう、夏樹と呼び捨てにしてくださいよ。ここは宮中じゃないんだし、堅苦しいのは嫌いだから」

季長が驚きに目を剝《む》く。

「その代わり、ぼくも季長と呼び捨てにするから。それでいいだろ？」

言葉遣いも変えて、夏樹は少しいたずらっぽく微笑んでみせた。季長はひどく戸惑っている。そんな相手の反応が、夏樹には新鮮だった。

逆の立場におかれたことならある。遥《はる》かに上の身分の者から、丁寧な言葉は使わなくていい、名も呼び捨てにしろと、強いられたのである。あのときは夏樹も本当に困った。何しろ、その相手は高貴も高貴、賀茂の斎院という、他と比較しようもないほど特別な地位にいる人物だったのだ。

（それを思うと、無理な注文をつけているってわかるんだけれどね……）

ちょっとした回想にひたっていると、前を歩いていた鬼ふたりが突然、足を止めた。気づくのが遅れて、夏樹はしろきの広い背中に顔面をぶつけてしまう。

「あ、ごめ……」

謝罪の言葉を、しろきが「しっ」とささやいて封じる。

「誰か来る」

まだ姿は見えないし、牛車の音も騎馬の蹄の音も聞こえない。それでも、牛頭鬼の直感を信じて、彼らは物陰に隠れた。

隠れて正解だった。その直後に、角を曲がって、ひとりの若者が彼らの視界に現れたのである。

すでに陽も落ちているのに供も連れず、たったひとり。それも徒歩《かち》で。なのに、直衣《のうし》に烏帽子のその装いは、上流貴族の子息にしか見えない。

夜の闇におびえるでもなく、道に迷っているふうでもなく、凜《りん》として歩んでくる。その気品と自信に満ちた横顔に、夏樹は見覚えがあった。

「宮さま！」

身を隠しているのも忘れて、夏樹は大声をあげた。貴公子が足を止めて振り返る。おお、と彼――ではなく、彼女も声をあげた。

「夏樹ではないか」

そう言った貴公子はまぎれもなく賀茂の斎院、馨姫であった。

相手が直衣姿であれば、いくら顔がそっくりそのままでも、「他人の空似に違いない」と思うだろう。まさか、賀茂の斎院たる者がたったひとりで男装して夜歩きをするとは、誰も信じまい。

しかし、夏樹はその事実をなんの抵抗もなく受け入れることができた。彼女には、立派な前科があったのだ。

「どうして、またそのような出《い》で立《た》ちで……」

つい、『また』とつけてしまう。

「そっちこそ、またいろいろと妙なものを連れている」

市女笠の大女、僧兵姿の大男を顎で差して、馨は笑った。

「こやつらは、そこの陰陽師の式神か」

「違いますってばぁ」

あおえが虫の垂衣《たれぎぬ》の間から馬づらを覗かせて、手を左右に振った。

「式神じゃないって前にも言ったのに忘れちゃったんですかぁ」

もと冥府の獄卒としての自負があるのだろう。式神と間違われるたびに、あおえは訂正するのを忘れない。しかし、そんな馬頭鬼のこだわりに、馨はまったく頓着しない。

「たいして変わりはないだろう。では、そこの僧兵だけか、式神は。もうひとりは普通の人間のようだしな」

「無礼な女だな」

あおえでさえ、こだわっているのだ。現役の獄卒であるしろきは、なおさらだった。網代笠をさっと下ろして、その凶悪な牛づらを披露する。

「陰陽師の式神風情と間違えるでない。われは冥府の獄卒よ。閻羅王以外に仕えるあるじはおらぬわ」

鼻息も荒く、見得《みえ》を切る。が、馨はおびえもせず「そうか、すまん」と、あっさり非礼を詫《わ》びた。

賀茂の斎院は聖なる斎王。冥府の鬼も、式神も、夜の闇も、恐れるものではないらしい。

おそらく、こういった馨の性格に、いちばん迷惑を蒙っているのは斎院御所の者たちだろうと、夏樹は同情した。彼自身も、馨の実兄に似たような思いを味わわされているのだ。同病相憐《あいあわ》れむ、であった。

「宮さま……お尋ねしてもよろしいですか？　今度はまた何を……」

夏樹が恐る恐る問いかけると、馨は振り返り、彼の顔をまっすぐ指差した。

「そのように呼ぶでない。と、前に命じたはずだ。いま、このときのわたしは真の身分を隠して行動している。馨でよい。馬鹿丁寧な言葉も必要ない」

前とまるで変わっていない。夏樹は困惑しつつ、うなずいた。

「わかりました……。いえ、わかった、わかった……です」

視線を感じて隣を見ると、季長が目を丸くして夏樹と馨を交互に見比べていた。夏樹と目が合うと、複雑な微苦笑を浮かべる。ついさっき、ふたりの間で交わされたやりとりを思い浮かべたに違いない。

「ときに、宮さまはまたいったい何を？」

いちばん気になる質問を、再び口にしたのは一条であった。馨はなぜか彼に対しては「そのように呼ぶな」と注文をつけずに、答えを与えてくれた。

「わたしの女房が外に出たまま、いまだ帰ってこないのだ」

「女房を探しに、御自ら？」

それはいかがなものかと、さすがに驚く一条に、馨は重々しくうなずいてみせた。

「淡路はまだほんの子供のときから、わたしに仕えてくれている。ちとわがままだが愛らしい女房なのだ」

淡路、というのが行方不明になった女房の名前なのだろう。

「その淡路が、糺の森へ行くと言って、舎人をひとり連れて出たっきりでな」

「しかし、何も斎院の宮が」

「他の女房たちもそう言っていた。舎人がひとりついていたのだし、どうしても心配なら、探しに行くのは朝になってからでよいではないかと。うちの女房たちは、緊張感が足りぬ。どうも、淡路とその舎人がただならぬ仲になり、糺の森で逢い引きを楽しんでいると勝手に想像しているらしいのだ。若い者の間にはままあることだとか言って、長々と講釈までしてくれたぞ。『お疲れでございましょう。少し休むといたしましょうか』と腰を下ろしたその場で、ふと触れ合った指先がどうのこうのと展開し、『風が冷たくなってまいりました。ささ、もそっとこちらへ』『あっ、これ、何をする』『お許しくださいい。もはや、自分を偽り続けるのがかなわなくなりました』、そして若いふたりは情熱の赴くままに——とかなんとか。どうもな、斎院御所の女房たちは、妄想を暴走させすぎて困る」

明らかに暴走した行動をとる斎院に、言われたくはあるまい。

「本当はこの十倍くらい描写が細かかったが、いまは、はしょる」

「聞きたいですぅぅぅ」

懇願したのはあおえだった。恥ずかしげにほんのり赤く染めた頰に、厚みのある両手を当て、期待に目を輝かせている。彼の頭の中でも妄想が暴走し始めているらしい。

しかし、馨は冷たく、

「いまはだめだ。淡路を探しに行かなくては。では、またな」

『また』がそうそうないといいなと、夏樹は思った。馨に逢うのがいやなわけではない。

ひとり歩きなどしてはいけないはずの身分の者がうろうろしている、そんな現場にあまり行き合いたくないのだ。当人は気にしていないようだが、まわりの人間はそれこそ、寿命の縮む思いをしているのだから。

そこまで考えて、夏樹はハッとし、首を横に振った。

「いえ、おひとりで……ひとりで行かせるわけにはまいり、いかないってば」

夏樹が止めても、馨は聞く耳など持っていない。すでに背を向け、ひとりでさっさと先を歩いている。

「一条、どうにかしてやってくれないか」

「どうにかって？」

あせる夏樹に、一条は皮肉な笑みを返した。

「並みの姫ではない。聖なるおかただ。一介の陰陽生とは比べものにならぬほど神々の守りがついているさ」

「いや、しかし、とはいえ」

「それに――」

一条は片手を挙げて、前方を指差した。その先にいるのは、宙を飛ぶ白い折り鶴だ。

「われわれはただ、当初の目的を果たせばいいらしいぞ。どうも、あれの行き先は、斎院と同じようだからな」

それは好都合のようでいて、よく考えると、あまり喜ばしくないことだった。

夏樹たちは黒牛の物の怪を追っている。馨は帰ってこない女房を探している。その両者が同じところにいるとしたら……。

夏樹の脳裏を「まさか」の事態がよぎった。想像を口にも出せず──そんなことをしたら現実になりそうで──黙ったまま、歩き出した。

白い折り鶴を追って。


たどり着いたのは賀茂川《かもがわ》の岸辺。夏樹たちの前には、糺の森が黒々とした影となって横たわっていた。

森そのものが、まるで巨大な黒い牛のように見えて、夏樹は不吉な予感を憶《おぼ》えた。その予感を裏付けるように、一条が折った鶴はゆらゆらと静かに翼を羽ばたかせて、森に入っていく。

先頭を行く馨が振り返った。

「おまえたちもここへ入るのか?」

「はい。導き手がそこへ向かっているようですので」

一条が恭しく一礼して応えた。そこにいるのは、あおえを殴り、髪も結わずに夏樹と餅をほおばっていた彼ではない。隙がない、神秘的な美貌の陰陽生だ。賀茂の斎院と並んでも、まったく見劣りがしない。

「そういえば、おまえたちはぞろぞろと、何が目的で出歩いている？」

「後宮を騒がせた物の怪の行方を探しております」

馨は眉をひそめた。

「それで行く方角がいっしょとは、あまり、いいことではないような気がするな」

「はい。わたくしもそう思います」

夏樹も同感だった。

「宮……じゃなく、馨。ここは危険だから、斎院御所に戻ってくれないか。その、淡路という女房をみつけたら、すぐにきみのところへ送り届けるから」

「断る」

即答して、馨は暗い森へと進んでいく。月の光も、松明《たいまつ》の炎も何もない、真の暗闇の中へ向かっているのに、彼女は躊躇《ちゅうちょ》すらしない。

が、その闇に、ほのかな明かりがともった。彼女よりわずかに先を行く折り鶴が、ぼうっと蛍火のように輝き始めたのである。

馨は足を止めて頭上を仰ぎ、それから一条を振り返った。

「便利だな、これは。そういえば、そなた、賀茂の権博士の弟子であったか」

「はい」

「権博士に師事するのはやめて、斎院御所に来ないか？」

夏樹と、牛頭鬼、馬頭鬼が同時にざわりと身を退いた。一条を引き抜こうとはなんと大胆な、と三人ともが同じ思いに慄《おのの》く。

一条はふふっと笑った。にやり、ではない。あくまでも、優秀な陰陽生の仮面を保ち続けている。

「嬉しいお言葉ではございますが、斎院御所は聖域。わたくしのような者には、足を踏み入れることすら畏《おそ》れ多うございます」

「ふむ、そうか。遠慮はするな。気が変わったら、いつでも来るようにな」

しつこくは誘わず、かといって冗談でごまかしもしない。まずは行方知れずの女房を探すのが先だと言わんばかりに、馨は森の中へずんずんと分け入っていく。

「待てよ、馨」

夏樹はあわてて走り、彼女の横についた。

「まだ止める気か。しつこいぞ」

「いや、もう止める気は失《う》せた。でも、先頭は任せられない。並んで歩こう。何が起こるか、わからないのだし」

「ほお」

馨は余裕の笑みを浮かべた。

「それは頼もしいな」

いやがられるかと不安に思っていたところへ笑顔を向けられて、夏樹は少なからずホッとした。

確かに、馨は賀茂の斎院。一条の指摘した通り、身の守りに事欠きはしないだろう。前に逢ったとき、彼女は三本脚のヤタガラスを連れていた。そんな神秘的な使い魔が、いまもどこかでこの無鉄砲な姫君を見守っているには違いないのだ。

そうとわかっていても、実際に目の前にいるのは夏樹と同年代の少女である。危ないところへ立ち入らせたくない、守ってやらねばと夏樹が奮い立つのも無理はなかった。

「しかし、その淡路という女房は、またなぜ、こんなところへ?」

夏樹が尋ねると、馨は歩きながら説明してくれた。

「見事な椿がいっぱいに咲く場所があるのだそうだ。この森のどこかに」

「なるほど。その花を摘みに来たんだ。賀茂の神さまに捧げるために」

「いやいや。神ではない。賀茂は賀茂でも、権博士だ。淡路はあの男に自分を印象づけたかったらしい」

馨は苦笑して、後ろからついてくる一条を振り返った。

「そなたの師匠は意外と人気があるようだ」

一条も苦笑を彼女に返した。

「そうらしいですね。蓼《たで》食う虫もなんとやらと申しますから」

「だが、すでに意中の相手がいるらしいと、うちの女房たちが騒いでいたが、それは本当なのか？」

「さあ。あいにくと、そこまでは存じあげません」

「つまらぬ」

「ご期待に添えませんで申し訳ございません」

きっと深雪《みゆき》のことだなと思ったが、夏樹はあえて沈黙を守った。深雪自身は「あのかたとはあくまでも、お友達」と言い張っているし、権博士の私的な情報を他人にべらべら話すつもりもない。第一――そんなことを悠長に話していられる状態ではなかった。

白い折り鶴が照らす先に、男がひとり、うつ伏せに倒れていたのである。

夏樹はそれに気づいた途端、手を太刀の柄へと移動させた。ほとんど無意識の行動だった。

「みんな！」

気をつけろ、と続けようとしたが、それより先にあおえが言った。

「もう死んでます、そのひと」

ぎょっとする夏樹の横を、すっと牛頭鬼と馬頭鬼が通って、死体に近づいていく。さすが冥府の鬼だけあって、ふたりとも死体を忌避しない。

「死んで半日、経つか経たないかってとこだろ、しろき」

「そうだな。そこらへんを亡魂《ぼうこん》がさまよっているかもしれん。ついでだ、みつけたら冥府に連れて行ってやろう」

馨が、止める間もなく死体に近寄っていった。うつ伏せになった男を無表情にじっと見下ろして、つぶやく。

「こんなに汗を流して……」

男の背中には、汗ならぬ血の染みが大きく広がっている。何か鋭いものに背を突かれたのが致命傷だったようだ。

「仰向《あおむ》けにしてくれないか」

彼女の要望に、夏樹はぎょっとした。死は、平安貴族が最も忌む穢《けが》れ。聖なるものの頂点にいると言っても過言ではない斎院に、見せられるものではない。彼女は『血』という単語すら口にすることは許されず、『汗』と称さなくてはならないのだ。

「死体の顔など、見て気持ちいいものではないぞ」

と、しろきも警告した。だが、馨は譲らない。

「構わぬ。確かめねばならぬのだ」

一条は止めない。季長は緊張した面持ちで、この成り行きを見守っている。

しろきが死体の肩をつかみ、反転させた。折り鶴は宙に留まり、真上から光を注いでくれている。その明かりのもと、恐怖と苦痛に歪《ゆが》んだ顔が露《あら》わにされた。

数秒の沈黙のあと、馨は静かに言った。

「名までは憶えておらぬが……間違いない、斎院御所の舎人だ。淡路の供はこの者だったのだろう」

きついまなざしで、彼女は周囲の闇を睥睨《へいげい》する。

「淡路は？」

いくら見廻しても、死体はひとつだけ。しかし、小さな希望の灯《と》し火《び》を消すようなことを、あおえが静かに告げた。

「これとは違う血のにおいが、先のほうから漂ってきます」

それを聞くや否や、馨は早足で歩き出した。虚空で停止していた折り鶴が、つっと宙を滑り始める。

馨の動きにつられたように見えたが、そうではあるまい。折り鶴は、黒牛の物の怪のもとへ向かうよう、最初に命じられてある。その鶴が行く先は、物の怪がひそむ場所以外にない。

「馨！」

夏樹も、他の者も、馨のあとを急いで追った。夜の森に、落ち葉を蹴散らしていく彼らの足音が響く。

おそらく、全員の胸に不吉な予感が黒雲のごとく生じていただろう。そして、それは現実となった。

馨が、ふいに立ち止まる。他の者たちも、そこで動きを止めた。

折り鶴だけが上空で停止することなく、宙を滑り続け、少し先で静かに下降していく。

寒椿が咲いていた。鶴はその、椿の群生する茂みに降りようとしていた。

真っ赤な花。艶やかな、濃い緑の葉。その上に、はらりとかかった長い黒髪。蘇芳《すおう》色の袿。

力なく下がった白い腕には、血がひとすじ、指先に向かって流れている。すでに凝固した血。椿の花弁が一枚、その血に貼りついている。

大きく見開かれた目は、何も映さない。真上から降りてくる折り鶴の光をも。

純白の紙の翼が、死んだ娘の顔を覆い隠した。しかし、もう遅い。断末魔のその形相を、全員が見てしまった。

「淡路」

馨が彼女の名前を呼んだ。もちろん、死人は答えない。

淡路自身は答えなかったのだが――違うものが、応じた。

寒椿の枝葉が、がさがさと揺れる。そのせいで、女房の死体が地面に落ちた。光を放っていた折り鶴ごと。

椿の茂みの中から、いきなり何かが立ちあがった。

ふたりの男女を殺した殺戮者《さつりくしゃ》。それは、途方もなく大きく、真っ黒な牛だった。

第四章　黒い鬼　赤い袿《うちき》

突如として夏樹たちの前に現れた黒牛は、口からよだれを垂らしながら、すさまじい咆哮《ほうこう》をあげた。

夜の森が震えた。眠っていた野鳥たちも目を覚ましたらしく、梢《こずえ》を揺らしていっせいに飛び立つ音が響く。

黒牛の二本の角のうち、完全な形をしているのは右の一本だけだった。もう一本は、途中で折れてしまっている。その不完全さが、かえって牛の獰猛《どうもう》さを強調していた。

昨夜、後宮《こうきゆう》に現れ、承香殿《しようきようでん》の女御《にようご》を背に乗せて暴れ廻《まわ》った物《もの》の怪《け》に相違ない。件《くだん》の獣は糺《ただす》の森で斎院《さいいん》御所の舎人《とねり》を殺し、女房の淡路《あわじ》をも殺したのだ。

「おまえがやったのだな」

馨《かおる》が、感情のこもらぬ冴《さ》え冴《ざ》えとした声で言った。

「この斎院に仕えていた舎人を。女房を」

言い終わるより早く、太刀《たち》を抜く。走り出ようとする。見上げるような黒牛を相手に、ひるむこともなく。

「さがれ、馨！」

間一髪のところで、夏樹は馨の襟首をつかみ、後ろへ勢いよく突き飛ばした。斎宮《さいぐう》相手に本来ならこのような乱暴な振る舞い、到底許されることではない。が、いまは非常事態だ。あおえが彼女を受け止めたのを視界の隅に捉えて、夏樹は声を張りあげた。

「あおえ、斎院をつかまえておいてくれ！」

もう後ろを見てはいなかったが、あおえはきっと指示通りにしてくれたのだろう。馨の怒りの声が聞こえたし、もがく気配も伝わってきている。

斎院の抗議を一顧だにせず、夏樹は腰に差した太刀を、すらりと抜く。

鞘《さや》から解き放たれた刃《やいば》は、まばゆいばかりに白く輝いていた。折り鶴の淡い光とはまったく違う。もっと力強く、もっと神々しい。

これは夏樹の曽祖父、菅原道真《すがわらのみちざね》公ゆかりの神剣。普段はただの太刀と変わりなく見えるが、持ち主である夏樹がひとたび危機に陥れば、太刀はかように光り輝くのだ。

しかも、その不思議な光は魔物を退散させる霊力を持っていた。いかなる物の怪も、雷神となった道真公の比ではないということなのか。

黒牛もその例外ではなかった。いまにも飛びかかってきそうだったのに、輝く太刀を目にした途端、二の足を踏むように椿《つばき》の茂みを蹄《ひづめ》で掻《か》き廻し始めたのである。

いける、と夏樹は思った。この太刀で黒牛をしとめれば、怪異は断てる。あとは一条か権博士《ごんのはかせ》かどちらかが、うまくやってくれるはずだ、と。

かくて、捕縛された弘季《ひろすえ》も解放される。殺されてしまった女房の敵討《かたきう》ちにもなる。

黒牛を威嚇しようと、夏樹は大きく太刀を振るった。白銀の軌跡が闇に浮かびあがる。

その脇を、人影がひとつ、走った。

馨ではなかった。彼女はあおえがしっかり抱きとめている。前に走り出たのは、季長《すえなが》だ。彼は抜き身の太刀を手に、真っ向から黒牛に挑んでいった。

「おのれ、物の怪！」

季長が気合もろとも、太刀を振り下ろす。黒牛の胸もとに向かって。が、その太刀はあえなく跳ね返された。獣皮が恐ろしく硬かったのだ。

季長は大事な太刀を落としそうになったが、かろうじて踏みとどまった。失敗しても恐れず、再び敵に挑みかかっていこうとする。

そこへ、一条が制止の声をあげた。

「普通の太刀じゃ無理だ。おまえはさがれ」

振り返った季長の顔は、怒りと屈辱に歪《ゆが》んでいた。

「これのために、父は嫌疑にかけられ、家名に泥を塗られたのですぞ!!」

切実な口調で訴えられても、一条は眉ひとつ動かさない。

「そいつの獣皮は恐ろしく硬い。滝口《たきぐち》の武士は誰ひとりとして傷を負わせられなかった。一度は火だるまになったのに、それその通りだ」

よく見れば、黒牛の身体《からだ》にはあちこち焼け焦げたような痕がある。が、その程度だ。後宮は、麗景殿《れいけいでん》が半壊するなど、多くの被害を蒙《こうむ》ったというのに、黒牛にとっては退却して、一時、身を休めれば済むことだったらしい。

これで太刀も効かぬのなら、どうしたらいいのか。その答えは一条が与えてくれた。

「さがれ。夏樹の邪魔だ」

季長が唇を噛《か》む。そう言われる理由を頭では理解しても、納得まではできまい。わが手で借りを返したいだろう。気持ちは夏樹にもわかる。が、それは、かわいがっていた女房を殺された馨とて同じはずだ。

当の馨はあおえに押さえこまれて、もがいている。振りほどこうにも、あおえの抱擁からはなかなか逃げられるものではない。そのことは夏樹も体験済みである。

「離せ！　離さぬと、式神《しきがみ》、そなたに神罰が下るぞ！」

「式神じゃないんですってばぁ」

馨が季長と似たような心境でいることは間違いあるまい。代われるものなら代わってやりたかったが、この光る太刀を使いこなせるのは、道真の血をひいた彼のみ。普通の太刀が黒牛に歯がたたないのなら、季長たちには見ていてもらうしかないのだ。

「ここは任せろ、季長」

夏樹はそう叫んで黒牛めがけ、突進していった。

正直、怖い。都で普通に見かける牛とは全然違うのだ。その大きさだけでも相手をおびえさせるに足るものがある。面がまえの凶悪さに至っては、しろきの遥《はる》か上をいく。

それでも、やらずばなるまい。弘季のためにも、殺された女房と舎人のためにも。

夏樹は大声をあげ、光る太刀を横ざまに振るって、胸もとに斬りつけた。季長が狙ったのと同じ場所だ。相手が大きすぎて、刃はそこまでしか届かない。

季長の太刀は弾《はじ》き返された。だが、この霊剣なら――

しかし、黒牛は大きく前脚を跳ね上げ、太刀をかわした。その直後、あげた脚で夏樹を踏み潰そうとする。

危ういところでよけられたのは、いきなり横から体当たりされたからだ。しろきだった。あの体格である、夏樹はあっけなく跳ね飛ばされた。

木の幹に左肩から激突する。樹上の枯葉が、ざざっと夏樹に降り注いだ。痛みに顔をしかめつつ、彼は怒鳴った。

「しろき、もうちょっと加減しろ！」

「そんなゆとりはない」

しろきは脚を大きく開いて、錫杖《しゃくじょう》を構えていた。網代笠《あじろがさ》はすでになく、牛の顔が露《あら》わにされている。

黒牛は身体を反らして、猛々《たけだけ》しく咆哮する。しろきは手にした錫杖を大きく一回転させて構え直す。

「同じ牛というのが気に食わない。その姿で、殺戮《さつりく》に手を染めるというのが、もっと気に食わないな。ここで喝を与えてやろう――しかし、僧兵姿にそぐわないとはいえ、方天戟《ほうてんげき》を置いてきたのは失敗だったか？」

と、低く笑う。失敗と言う割に、そうは思っていないらしいし、ゆとりはないと言った割に、余裕綽々《よゆうしゃくしゃく》である。

黒い牛と白い牛頭鬼《ごずき》が対峙《たいじ》している。彼らを取り巻くのは深い森。地に落ちた折り鶴と、夏樹の剣が光を放っていてくれるが、その光が届く範囲外は墨で塗り潰したような暗闇である。

どこか非現実的に見えるのは、舞台が糺の森だからかもしれない。ここは賀茂《かも》神社の南域。神域の内なのだ。

しろきが走り出した。すさまじい速さで錫杖を打ちこんでいく。黒牛も、その巨体に似合わぬ動きで攻撃をかわす。どちらも重量級。蹄が落ち葉を蹴散らし、錫杖が冬の冷たい夜気を切り裂くと、それだけで糺の森はわなないた。

夏樹はかたずを呑《の》んで、闘いの行方を見守りながら――いつからか奇妙な感覚に見舞われていた。誰かに見られているような気がするのだ。

暗い森の木々の合間から、無数の目がじっと自分たちに向けられているような、そんな気が。

森に住む獣たちがこの騒ぎを聞きつけ、何事かと集まってきたのかもしれない。見えないだけで、あちこちに隠れているのかも。それは充分、あり得るだろう。しかし、それだけでもないような感じがする。

この重圧感。この冷たさ。神域を闘いで穢《けが》しているせいだろうか？　それとも、近くに別の何か——妖《あや》しきモノがひそんでいるのだろうか？

黒牛としろきの決着はなかなかつかない。じれた夏樹は、とうとう駆け出した。身にまとわりつく何者かの視線を振りはらいたい気持ちもあって。

夏樹は助走をつけ、力強く地面を蹴りつけた。

「しろき、許せ！」

しろきの広い背中のど真ん中を踏み、彼が頭上で横一文字に構えていた錫杖をも踏んで、夏樹は高く跳んだ。光る太刀を手に。

気合もろとも、その太刀を振り下ろす。狙ったのは、黒牛の眉間。

危険を察した牛が、身を横によじった。

狙いがそれる。しかし、それほど大きくは外れなかった。夏樹の太刀は、完全なほう

同時に、黒牛が吼《ほ》えた。威嚇
白刃の光が、ひときわ増したような気がした。同時に、黒牛が吼《ほ》えた。威嚇ではなく、ではなく、苦痛による叫びに聞こえた。

角がそこから砕け落ちるのではないかと思った。しかし、砕けたのは角ではなかった。ぴしぴしと亀裂が走ったのは、身体のほうだ。黒い毛に包まれた堂々たる体軀《たいく》に、ほの白く細かな線が走り、それから一気に弾けた。

内側から。

夏樹はしろきもろとも後ろへ倒れこんだ。地面に転がったふたりのすぐ前で、黒牛がたちまち変容していく。

黒い短毛に覆われていた獣の身体から——人間の身体へと。

反らした背中に、肩甲骨がくっきり浮かびあがる。ひきしまった臀部《でんぶ》に、堂々とした脚線。割れた腹筋。厚く盛りあがった胸板。筋肉がしっかりとついた、太い両腕。

なのに、首から上は牛のままだ。角も、完全なのは片方だけ。

森の中に仁王立ちし、銀色の目を光らせて苦痛の声をあげているのは、全身真っ黒の牛頭鬼だった。

しろきが、あおえが同時に叫んだ。

「あなたは⁉」

知り合いなのか、と夏樹は問おうとしたが、声を出す前に、頭上の梢から何かが舞い降りてきた。

赤い。火のように真っ赤な袿《うちき》だ。

何かよからぬものを感じたのか、馨が険しい表情で怒鳴った。

「八咫《やた》！」

その呼びかけに応じ、また何かが頭上から飛来してきた。まっ黒な三本脚のカラスだ。

夜だというのに見えているらしく、カラスはギャアと鳴いて袿につかみかかろうとする。しかし、袿はまるで生き物のようにカラスの攻撃をかわし、黒い牛頭鬼の上にふわりと落ちた。その瞬間、牛頭鬼の苦痛の怒号がやんだ。

袿一枚でとうてい覆い隠せるような身体でもないのにかかわらず、牛頭鬼はすっぽりそれに包まれてしまった。

風に、ひらりと袿がめくれあがる。しかし、そこにはもう、牛頭鬼の姿はなかった。袿そのものも、するりと夜の闇に溶けていく。

あっという間に消えてしまった。牛頭鬼も、真っ赤な袿も。まるで幻術を見せられているかのようだった。

三本脚のカラスはくやしげに鳴きながら、周囲を一周し、馨の肩に止まった。

「一条？」

彼がなんらかの術を行使して魔を退けたのかと、夏樹は思った。しかし、振り返ると、一条も驚愕《きょうがく》に顔をひきつらせている。

「なんだ、あれは」

そう訊《き》かれても、夏樹にも応えようがない。ただ、感じるのは——いまはもう、誰かに見られているような感覚がきれいに失《う》せていること。それもあの祛と関係があるのだろうか？

しろきは一条の叫びを違うものに対しての質問だと解釈した。

「くろえどのだ、あれは。われらの大先輩だぞ」

しろきの『われらの』との言葉に、あおえがくり返し、うなずく。

「その通り。間違いなく、あれはくろえどの。もう何百年も前に行方知れずになったはずの……」

「行方知れずになった牛頭鬼だと？　冥府《めいふ》はいったい、どういう管理を……」

「くそっ！」

突然、一条以上に声を荒らげて怒鳴ったのは季長だった。

彼は冷たい大地に両手をついて、身体を震わせていた。寒さからではなく、何もできなかったくやしさがそうさせていたのは、誰の目にも明らかだった。

「結局、逃したのか!!」

彼はそう叫んで、こぶしを地面に打ちつけた。伏せた顔を前髪が隠している。その合間から、零《こぼ》れ落ちる涙が見えた気がして、夏樹はあわてて目をそむけた。

季長にそのつもりはないのはわかる。しかし、まるで自分が責められているかのようで、夏樹は居たたまれなかった。

そして、馨は――いつの間にか、あおえの腕から解き放たれ、女房の死体の傍らに立っていた。

彼女は泣いていない。賀茂の斎院は、感情を表に出すすべを知らぬかのような、静かなまなざしを死体に注いでいる。

「淡路？」

呼びかける声も、淡々としている。それゆえになおさら、誰も何も彼女に言えない。

三本脚のヤタガラスだけが、主人を慰めるように寄りそい、その黒髪にそっと小さな頭を押しつけていた。


御帳台《みちょうだい》の中で、片膝を立ててすわっていたその女は、素肌に真っ赤な袿を一枚まとっていた。

白い手を顔に当てて、膝の上に頬杖《ほおづえ》をついている。その指の間で、朱赤の唇がわずかに笑った。

「新蔵人《しんくろうど》……大江夏樹、か」

彼女の隣に横たわっていた男が、寝返りを打って目をあけた。定信《さだのぶ》の中納言である。

「何か、言ったか？」

女は――白拍子《しらびょうし》は、首を横に振った。

「いいえ、何も」

優しく甘い声色で、彼女は応える。定信はそれを無条件で信じた。いまに限らず、彼女の言うことならなんでも。

白拍子の一行が定信の邸《やしき》を訪れてから、まだ幾日かしか経《た》っていない。なのに、彼はこの娘を信じきっている。計算高い彼には珍しいことであったが、本人はそれを疑問に感じてもいなかった。彼女のそばで、まるで小さな子供のように安心しきっているのだ。

「いま、とてもいい夢を見ていたよ」

「まあ、どのような？」

「わが家の繁栄の夢だ。妹である弘徽殿《こきでん》の女御さまが日嗣《ひつぎ》の皇子《みこ》を生みまいらせて、国母《こくも》となられ、わたしが太政《だじょう》大臣に登りつめていた」

「それはきっと、正夢でございますわね」

定信は喉をくすぐられた猫のように、うっとりとした顔になった。

「そなたに言われると、本当にそうなるような気がしてくる……。不思議な娘だな。請われるままに、そなたを五節《ごせち》の舞姫の付き人として御所に送りこんだら、さっそく承香殿の女御が災難に見舞われた。物の怪に襲われたそうだよ。大事には至らなかったが、すっかりおびえてしまって、実家《さと》に帰りたがっているとか。まさか、あれはそなたのしわざなのかい？」

「まあ、お戯れを」

白拍子は、くすくすと笑って否定しておきながら、その舌の根も乾かぬうちに真実を明かした。

「旅から旅への暮らしを長く続けておりますと、いろいろな者と知り合うのでございますよ。そのうちのひとりに頼んだのですわ。承香殿の女御さまに――ちょっとした贈り物をして欲しいと」

「それが牛の物の怪とは、いやはや」

定信も嬉《うれ》しそうに笑った。彼がこんな明るい声を出すのは、今年の夏以来、ひさかたぶりだった。

「そなたの知り合いは、かなり有能な術者らしいな。ぜひとも一度、対面してみたいものだ」

「中納言さまがそうおっしゃるのでしたら、そのうちにお引き合わせいたしましょう」

約束する彼女の意味深長な表情は、夜の闇がじょうずに覆い隠してくれた。

紀の森で黒牛と格闘した翌日、承香殿の女御呪詛《じゅそ》の嫌疑をかけられていた弘季は、解放された。異例の早さではあるが、それは日頃の彼の実直な勤務態度と、人望の厚さがあってこその沙汰だった。

しかし、疑いがきれいさっぱりなくなったわけでもない。物の怪の正体も、結局のところ、まだ明かされていない。そのため、弘季は自宅謹慎の命を下された。

「父上……」

邸に戻ってきた父と初めて対面したとき、季長はそう言ったきり、言葉を失った。たった二晩のうちに、父は驚くほど憔悴《しょうすい》しきっていたのである。

季長はさっそく家人《けにん》に命じて、部屋を暖かくさせ、体力のつきそうな食事も用意させた。しかし、弘季はほとんど箸をつけなかった。

よもや、ひどい拷問に、と季長は父の身を案じたが、それらしい傷痕はない。が、寝る間もなく厳しく問い詰められ、痛くもない腹を探られ、誇りをさんざん傷つけられたことは想像に難くない。

「もはや、わが家はおしまいだな……」

弘季がそう洩《も》らすのも仕方のないことだった。季長にも、それはよくわかっていた。右大臣からの援助はもう望めない。たとえこの先、呪詛などしていなかったと証明できても、一度こじれた関係は、よほどのことがない限り、なかなか修復できないだろう。残念ながら、右大臣はすべてを水に流して笑っていられる人物ではない。右大臣の口添えを得て、息子に都での官職を授けるどころか、弘季自身の復職もままならなくなったのである。

「家名は傷つき、家宝もなくしてしまった。わたしにはどうしても信じられん。長年、わが家に伝わっていた犀角《さいかく》が、物の怪になるなど……。誰かに陥れられたとしか思えない。途中で別の怪しい犀角とすりかえられたのではないか……」

「その件なのですが」

季長は、そこで初めて、父親に昨夜の出来事を打ち明けた。あおえとしろきのこと、賀茂の斎院がひとりで出歩いているという非常識極まりない事実は秘めておいたが、糺の森でのことはほとんど隠さずに。弘季が驚いたのは言うまでもない。

「では、わが家の犀角が物の怪になったというのは、まことだったのか」

「はい。黒牛の、完全だったほうの角が、間違いなく、あの犀角でした」

「そこまでは気づかなかったな……。承香殿の女御さまをお救いするのに夢中で」

「しかし、単なる物の怪というよりは、冥府の牛頭鬼だと――」

「牛頭鬼？　なんにしろ、変わらんよ。鬼も物の怪もいっしょだ」

弘季は片手で口を押さえて黙りこんだ。これですべての夢が閉ざされたと、彼は思ったのだ。

父親の絶望を読み取り、それを打ち消してあげたくて、季長は力強い口調で言った。

「父上。まだすべてが終わったわけではございません」

弘季が伏せていた目を上げて、ちらりと息子の顔を見る。が、嘆息して、また目を伏せてしまった。

「無理だ。可能だとしても、何年かかることか……」

「いえ。新蔵人どのと、陰陽生《おんみようしよう》の一条どのが、きっとお力を貸してくださいます」

「新蔵人どのが？」

季長は神妙な面持ちでうなずいた。

「あのかたがたにお任せすれば、間違いはないと思われますが」

きっぱりと言い張った直後、ほんの二回逢《あ》っただけでどうしてそんなことが言えるのかと、季長自身が驚いていた。それでも、前言を撤回するつもりなど、これっぽっちもありはしなかった。

季長の言った通り、その頃、夏樹と一条は正親町《おおぎまち》の物の怪邸で、弘季の名誉回復のための策を講じていた。

「でも、それでうまくいくかな」

ある程度の方針はできあがったというのに、もう何度となく夏樹はその台詞《せりふ》を口の端《は》に昇らせている。そのたびに一条は「なんとかなるさ」とか「ああ」とか応えていたが、だんだんとそれも言わなくなった。黙って、炭櫃《すびつ》の灰を掻き廻している。

昨日とは違って髪を結い、いつでも参内《さんだい》できるよう、装いもきちんと整えている。そんな彼が黙ってすわっていると、いかにも近寄り難く冷たそうな印象が強まった。

なのに、夏樹はそんな一条の様子にまるで気づかない。頭の中は、弘季・季長親子のことでいっぱいである。

「不安なんだよ。本当に、それで危険はないんだろうか。相手はただの物の怪じゃない。しろきと同じ、牛頭鬼だぞ……」

ふいに、一条が火のついた炭を火箸で拾いあげ、夏樹の鼻先に突き出した。一瞬、遅れ、夏樹はわっと声をあげて後ろへ跳びのく。皮膚に触れはしなかったが、熱をはっきり感じ取れるほど近かったのだ。

「なにするんだよ、いきなり！」

「うっとうしくなったんでな」

一条は謝りもせず、炭を炭櫃に戻す。

「なんなんだよ、まったく……。さっきからずっと、そんな仏頂面して。何が気に食わないんだ」

真面目《まじめ》に応えてくれると期待していなかったのに、意外にも一条は回答をくれた。

「おまえが諾々と利用されているのが気に食わない」

「利用？」

妙なことを言う、と夏樹は首を傾《かし》げた。

「なんのことだ」

「東国の田舎《いなか》武士のことだよ。あそこまで世話をする必要はないんじゃないか？」

「そんなことはないさ。弘季どのには、前々からこっちが世話になってるんだし」

「父親のほうにな。息子とは、つい最近知り合ったばかりだろう。なのに、うまいこと丸めこまれて、利用されて」

夏樹はむっとして、眉間に皺《しわ》を寄せた。

「あいつは、そんなこと考えてもいないぞ。ただ、父親を助けたい一心で――」

「お優しい新蔵人さま」

自然に色づいた形のよい唇を歪め、一条は皮肉っぽくつぶやいた。

「弱い者にすがりつかれて振りほどけず、強い者からは食い物にされ、そうやってじわじわと自滅していくつもりか。おひと好《よ》しもいいかげんにしろよ」

「そこまで馬鹿じゃないつもりだが」

「じゃあ、好きにしろ。自滅したところで知らんからな」

そう言ったきり、一条はむっつりと黙りこんで、また灰を掻き廻す。どうしてそんなに不機嫌なのか、夏樹には理解できない。季長と親しくするのが気に食わないらしいのは、なんとなく察せられたが、そうなる理由が思い至らないのだ。

（もともとこいつが気難しいのは知っていたけれど、それにしたって季長にもう少し温かく接してやればいいのに。相手が武士で身分が低いからか？　いや、そんなことにこだわる一条でもないし……）

しばらく考え、ふと閃《ひらめ》いた。

（そうか、初めの印象が悪すぎたのか）

季長が一条の邸の庭に勝手に入りこみ、太刀を振り廻して大暴れしたのは間違いない。しかも、ずっと一条を女人と勘違いしていた。一条の側からすると、無骨で無神経な田舎侍に見えていてもおかしくはない。

たぶん、理由はそこにあるのだろうと、夏樹は勝手に解釈した。そういうことなら、これ以上刺激はすまいと、口を固く閉ざす。

炭櫃を挟んで向かい合うふたりの間に、しばし沈黙が流れた。その寒い空気をどうにかしようと考えたのか、あおえがまた餅を運んできた。

「はいはい、お待たせいたしました。名物、あおえ餅、新しいのができあがりましたよ」

ひねりのない菓銘をつけた、なんの変哲もない餅を捧《ささ》げ持ってくる。一条といることになんとなく気まずくなっていた夏樹は、あおえの気遣いを喜んで受け入れた。

炭櫃の上に網を敷いて、あおえ餅を三つ、四つ、転がす。しばらくすると、いい具合に膨らんで、食欲をそそるような焦げ目もついてきた。

「そろそろ、いいみたいですよ。はい、どうぞ」

一条は仏頂面のまま、夏樹は笑みを抑えきれずに餅にかぶりつく。すると、突然、

「おや、よいにおいだねえ」

そう言って、簀子縁《すのこえん》から入ってきたのは賀茂の権博士だった。近づく気配をまったく感じ取れていなかった夏樹は、権博士の前触れなき来訪に驚いて、危うく餅を喉に詰まらせそうになった。

夏樹が口を押さえて悶《もだ》えている隣に、権博士は直衣《のうし》の裾をさばいて、さっと腰を下ろす。

「わたしにもおひとつ、いただけるかな?」

「ええ。あおえ餅ならいくらでもありますから、どうぞどうぞ」

「すまないねえ」

あつ、あつとつぶやきながら、権博士は餅を幸せそうに頬張る。

彼を秘《ひそ》かに慕う宮廷女房は少なからずいるらしいが、彼女らがこのありさまを見たら幻滅するだろうか。それとも、「かわいらしい」と黄色い歓声をあげるだろうか。

（あの淡路とかいう女房も、権博士が好きだったんだよな……）

ようやく餅を飲み下して落ち着いた夏樹は、そんなことを思いながら、しみじみと権博士の横顔を眺めた。改めて眺めなくても知っていたのだが、一条という特異な存在がすぐそこにいるため目立たないだけで、権博士も充分に整った容貌をしている。女房たちが騒ぐのも納得だった。

淡路のことを思い出したのがきっかけになって、夏樹の思考は馨のことへと飛んだ。

昨夜の糺の森で、かわいがっていた女房の死体の傍ら、馨は長いこと動かなかった。

しばらくして、彼女はあおえとしろきを振り返り、言った。

「おまえたち、冥府の獄卒だと言ったが——淡路を連れて行くのか？」

応えたのは、しろきだった。

「ああ。おそらく、その娘の亡魂《ぼうこん》はこの森をさまよっているに違いない。さきの舎人のも、な。みつけ次第、冥府に連れて行く。死者がこの世に長く留《とど》まっていると、ろくなことはないからな」

しろきは続けて重いため息をついた。

「鬼にしてもそうだ。冥府の者が、こちらに長く居続けると——ああなるのかもしれん」

黒い牛頭鬼のことを言っているらしかった。すかさず、一条が問いかけた。

「しろき、あれは」

「われらの仲間だと言っただろう？　くろえどのは、われらの中でも最古参だった。それがために獄卒の仕事に飽かれたのか、いつしか冥府に戻ってこなくなり、何百年もの時がすぎた。自らの意思でそうされたのか、何事かあったのか——きっかけはともかく、まさかあのようなことになっていようとは。われらのことなど、まるでわからぬご様子だったが……」

苦々しい口調になるしろきの袖を、つんつんとあおえがひっぱった。

「ほらほら、そういうことだから、このわたしも早く冥府に帰らせたほうが……」

みなまで言わせず、しろきは錫杖であおえの頭を殴りつけた。狙いはたがわず、馬頭《めず》鬼《き》はうっとうめいて地面に倒れ伏す。

「おまえはまだ、やっと一年すぎた程度だろうが。そんなものは刑罰のうちに入らん。百年早いわ」

大声をあげたついでに感傷をも吹き飛ばしたのだろうか。しろきはキッと顔を上げて、周囲を見廻した。

「とりあえず、仕事だ」

「行くのか」

尋ねたのは、馨だった。

「ああ」

「では、淡路をみつけたら、伝えてくれ。いままで、よく仕えてくれた。感謝していると」

しろきはうなずき、それから一条を振り返った。

「この服は借りていく。方天戟はそのうち取りに行くから、預かっておけ」

一条は即座に「来るな」と言い放ったが、しろきはもう聞いていなかった。さまよえるふたりの魂を探しに、森の奥へと走り去っていったのだ。

あのあと、しろきは無事に淡路たちをみつけたのだろうか――

そんなことをぼうっと考えていた夏樹の耳に、一条の声が聞こえた。自分と話すときとはまた違う、ちょっと事務的に響く口調で、

「それで、保憲《やすのり》さま、事はうまく運びましたでしょうか」

「ああ、なんとか」

ふたつ目の餅をちゃっかり手にして、権博士は首を縦に振った。

「右大臣の説得は大変だったが、主上《おかみ》からもお口添えしていただけたからな。承香殿の女御さまの身辺警護に、弘季どのを加えること、とりあえず許しをいただけた」

弘季の復職を知った夏樹は喜びの声をあげた。一条はたいして表情も変えなかった。

「右大臣を丸めこめましたか。さすがは保憲さま」

皮肉めいて聞こえるが、権博士は気にするふうでもなかった。弟子の素直でない性格を、彼なりにちゃんと把握しているのだろう。

「あの物の怪は犀角が変じたもので、そもそもそれは遠い昔、弘季どのの祖先が討ち取ったサイ。ならば、物の怪を退治できるのも、古《いにしえ》の英雄の血をひく弘季どののみ――と、言葉巧みに吹きこんでおいたよ。なんでまた、その犀角が物の怪になったのだと追及されたらどう言うべきか、案じていたが、あのかたはそこまで気が廻らなかったようだ。物の怪はまた女御さまを狙うやも、と告げただけでおびえてしまって」

権博士はにやりと笑った。この師匠も、実はけっこう、ひとが悪い。

「承香殿の女御さまは、当初の予定を繰りあげて、今日からご実家に戻られるそうだ。舞姫見物ができなくなると嘆かれておられたそうだが、背に腹はかえられんしな。そこでだ。さっそく、弘季どのには、あちらへ向かっていただこう。わたしは念のため、御所の守りにつくから、彼の援護は一条に頼めるかな?」

弟子が返答するより先に、夏樹が片手をあげた。

「わたしも援護につきますから！」

期待していた通り。そう言わんばかりに、賀茂の権博士は目を細めて夏樹を見やった。

「では、よろしくお願いいたしますよ、新蔵人どの。ですが、まだ不可解なことも多うございますから、くれぐれも行動は慎重に」

「はい」

元気よく答えはしたが、夏樹は彼の警告をさほど深刻に受け止めていなかった。それよりも早くこのことを、季長に伝えて安心させてやろうと思っていた。


右大臣邸では、娘の女御が戻ってきているせいもあり、いつにもまして、厳重な警固が行われていた。

いたるところに篝《かが》り火が焚《た》かれている。もののしく太刀や弓矢を携えた武士たちが待機している。その中には、弘季、季長親子の姿もあった。

もとからの警固の者の中には、弘季の知り合いも少なくない。しかし、彼らは誰ひとりとして親子に近寄っていこうとはしない。

黒牛の件はもとより、ここに弘季がいる理由が知れ渡っているせいだ。よもや、あの弘季がと思いつつも、面倒事には巻きこまれたくないと、みんな警戒しているのである。

弘季はこういうことも覚悟していたのだろう。内心の不安など露ほども表に出さず、毅然《きぜん》と顔をあげている。しかし、年若い季長はなかなかそうはいかない。まわりの目は気になるし、物の怪のことを考えると、どうしても落ち着かなくなる。

そんな彼をみつけて、夏樹は大声で名を呼んだ。

「季長！」

走り寄る夏樹の後ろから一条がついてくる。彼のほうはもちろん、走ってなどいない。表情も完全に消している。

ふたりとも冠に直衣の出《い》で立《た》ちで、夏樹は腰に道真公ゆかりの太刀を差していたが、一条は特に武装はしていない。陰陽寮の者らしく、あくまでも陰陽の術で身を守り、物の怪に対抗するつもりらしい。

「どうして、こちらへ……」

夏樹が来るとは聞いていなかったのだろう。季長は目を丸くしている。そんな彼に、夏樹は屈託なく笑いかけた。

「権博士から聞いていなかったのか？　加勢に来たんだよ。右大臣さまにも話は通っている。主上が『新蔵人の太刀は物の怪よけの力があるそうだから、ぜひとも女御のそばにいてやってほしい』と仰せられたってことにして——まあ、実際に、主上がそう仰せられたそうなんだけど」

夏樹は照れ、話題を変えるつもりもあって、弘季のほうへ振り向いた。

「弘季どの、このたびのことはなんと申しあげてよろしいやら……」

お悔やみめいた言葉しか言えないことが、夏樹自身も恥ずかしかった。弘季は諦念をちらりと顔に浮かべはしたが、すぐに薄く微笑《ほほえ》んで首を横に振った。

「お気を遣いくださいますな、新蔵人どの。すべてはわたしのつたなさが招いたことですよ。承香殿の女御さまの御身に障りがなかったのが唯一の救いで……」

「いいえ、弘季どののせいとは言えないと思いますよ」

と、一条が口を挟んだ。

「あなたが献上された犀角は、確かに普通のものではなかったようですが、それに術をかけた第三者がいる可能性はまだ否定できません。承香殿の女御さまのご懐妊を、快く思っていない誰かに、あなたと犀角はただ利用されただけなのかも。それも含めて、いま、わたくしの師が調べておりますので、どうかもうしばらく待っていただけますか」

一条の歯切れのよい説明に、弘季の表情が動いた。ひょっとしてこの少年たちなら、との淡い希望が生じかけているようだ。

「待てとおっしゃるのなら――待ちましょう。それとは別に、今宵《こよい》、女御さまがまたあの黒牛に襲われるようなことがあらば、わたしは命を擲《なげう》ってでも闘う所存です」

「及ばずながら、われわれも闘います。おひとりではないと、お心の片隅に留めておいてください」

　夏樹は感嘆のまなざしを一条に注いでいた。そんな誠実そうな台詞も吐けるんだと、妙なことに感心していたのである。

「あの、昨日は」

　急に小声で、季長が夏樹に話しかけてきた。なんだろうと振り向くと、季長は心持ち顔を赤らめ、居心地悪そうにしている。

「昨日は、醜態を演じてしまいまして……」

　そうは言うが、醜態とはなんのことやら、夏樹にはわからない。しばらく考え、牛頭鬼を取り逃がした際にくやし涙を流していたことかと、ようやく閃いた。が、あれが醜態と言うほどのことかとも思う。

「あれは——当然の反応だろ？　ぼくもあのときは、くやしかったし。いまもくやしい。季長に名前を呼んでもらえないことが」

「そんな、しん……」

　言いかけて、季長はひとつ咳《せき》ばらいをした。

「夏、樹」

　初めて彼に名前を呼んでもらえた嬉しさに、夏樹は破顔した。その満面の笑みを、一条が文句のひとつも言いたげな冷ややかな目で眺めていることに、全然気づいていない。

弘季親子から離れ、右大臣邸の広大な庭の一角に待機する段になって、初めて一条がそのことに触れた。

「おまえ、いつからあいつと名で呼び合う仲になった」

「あいつって？」

「田舎武士」

「いつからかなあ。夜の都を並んで歩いていた間にかな、たぶん」

「ほう」

のろけ話でも披露するようにぬけぬけと答える夏樹に、一条は顔をしかめてみせる。されたほうは、どうしてそんな態度に出られたのか、まだ理解ができていない。

「なんだよ、その態度は。どうしてそんなに季長、嫌うんだよ。第一な、排他的すぎるんだよ、おまえは」

「誰かと違って用心深いんでね」

そんな減らず口を叩《たた》き合いながら、ふたりは待った。何かが起こるのを。何者かが現れるのを。

空は薄く雲に覆われ、月のありかがかろうじてわかる程度で、星など見えない。空気はしんしんと冷たい。

季節は違う。場所も違う。が、夏樹は一種の既視感に見舞われていた。一条も同じだ

ったらしく、ぽつりと、

「左大臣の邸の警固についていたときのことを、思い出すな」

夏樹は黙ってうなずいた。正直、あのときのことは思い出したくなかった。

あの一件を皮切りに、夏樹も一条も心身ともにかなりの深手を負い、都は大変なことになった。今回もすでに、滝口の武士がひとり、蹄に踏まれて死んでいる。斎院御所の舎人と女房も死んだ。弘季親子も、一生の汚点になりかねないものをしょいこんでしまった。

これ以上、不幸な者を出さないために、早いうちに決着をつけたいと、夏樹は心から願った。そのためにも、

(早く、来い)

形見の太刀の鞘に触れつつ、強く念じる。

(早く来い、牛頭鬼。黒牛の物の怪でも、いい。おまえの正体がなんであろうと、今夜できっちりかたをつけてやる)

いや、名誉回復のため、みなの目の前で弘季にかたをつけさせなくてはならない。そのために、夏樹たちは事件解決のための筋立てを考えた。

相手は太刀を跳ね返すような化け物だが、夏樹の光る霊剣には弱かった。それも、角が弱点らしい——これは、あおえからの情報だが。

「おそらく、くろえ先輩はなんらかの事情で封印状態というか、冬眠状態というか、仮死状態というか、とにかく普通じゃない状態になっちゃってたんでしょうね。もしかして、本当に大昔、弘季さんのご先祖と格闘したのかもしれませんよ。その闘いで角の一本を砕かれたもんだから、もう一本のほうに自らの魂と力を逃げこませたとか。仮定ですけれどね。攻撃するんだったら、本体とも言うべき、完全なほうの角でしょうよ。あそこが牛頭鬼の弱点ですから。って、ああ、もう、こんなこと生きてる人間相手にばらしちゃっていいのかなぁ」

いいのかなぁと言いつつ、あおえは両手で頰を押さえ、激しく身体をねじった。

「しろきには内緒にしてくださいよ。だってねえ、あんなふうに正気をなくして暴れまくっている先輩を見てると、ぞっとするんですよ。このままじゃ、わたしもああなりかねないですもん。だから、夏樹さんたちに早くなんとかしてもらいたいんです。ほんとに、わたしも気をつけないと。あれはやっぱり、閻羅王《えんらおう》さまのお怒りが解けて早く冥府に戻れるよう、せっせと善行を積めっていう、天のお告げでしょうねえ。もって他山の石とせよ。ひとのふり見て、わがふり直せ。というわけで、あおえ餅、もっと召しあがります？　奉仕のために、全力を傾けて作ったんですから、まだまだありますよ。おなかいっぱい食べてくださいねえええ」

そんなことをべらべらと語ってくれたのである。おかげで作戦会議は進んだのだから、文句を言うすじではないのかもしれないが。

夏樹たちが考えた作戦とはこうだ。

黒牛、ないし黒い牛頭鬼が現れたなら、夏樹が光る太刀でもって弱点の角を攻撃する。弘季には相手の胴でもどこでもよいから、夏樹と同時に斬りつけてもらう。

敵が倒れたら、致命傷を負わせられたのは弘季の太刀であるというふうに、周囲に強調する。賀茂の権博士の直弟子《じきでし》である一条には「さすが武士《もののふ》。彼らの力があってこそ」と弘季を褒めたたえてもらう。

かくして、弘季は物の怪退治の英雄となり、失墜した名誉は挽回《ばんかい》。弘季は滝口の武士に復職でき、季長もそれなりの官職を得ることができるだろう――

そう、うまくいくかどうか。いや、うまくいってもらわなくてはならない。

夜はふけていく。夏樹はその間、自分たちの計画が成功する場面を、祈るような気持ちで思い描き続けていた。

そして、そのときは唐突に訪れた。

最初に「あれは⁉」と叫んだのは、知らない警固の武士だった。その男の指差すかなたを、右大臣邸の各場所に待機していた者たちが、いっせいに見上げた。

それは真っ赤な袿だった。

冷たい冬の夜風に乗って、どこからともなく虚空を漂ってくる。真っ赤な袿が風に細かく波打っているさまは、凶々《まがまが》しい炎が凝固して飛んでいるかのようだ。

袿は、狙いすましたかのごとく、右大臣邸の庭の真ん中に落ちた。ふわりと広がって。

誰しもが息を詰めて見守る中――袿の中央が急速に盛りあがってきた。袿のその下に、何かがひそんでいるのはもはや間違いない。

そして、袿がさっとめくれあがった。次の瞬間、赤い袿は消え、代わってまったく異なる生き物がそこに現れた。

地面に片膝、片手をつき、顔を伏せている男。身にまとうものは何もなく、たくましく黒い筋肉を惜しげもなくさらしている。

ゆっくりと男は面《おもて》をあげる。恐怖と驚きの声が警固の者たちの間から起こった。夏樹と一条と、そして季長だけは声を出さずに、口を横一文字にひきしぼった。

来た。黒い牛頭鬼だ。

獰猛な牛の顔に、二本の角。一本は折れてしまっているが、もう一本は見事な弧を描いて天に突き出している。

黒檀《こくたん》に彫りこまれた金剛力士像のごとき牛頭鬼は、両手をふんばって立ちあがり、頭を後ろに反らして吼えた。糺の森にも響き渡ったあの咆哮が、右大臣邸に轟《とどろ》く。

きっと、あちこちで女房や小舎人童《こどねりわらわ》が恐ろしさのあまり失神しただろう。里帰りしている承香殿の女御も、これを耳にして震えあがったかもしれない。

豪胆なはずの武士たちでさえ、及び腰になっていた。そんな弱気を吹き飛ばそうとしてか、武士たちの中から突如として鬨《とき》の声があがった。

「かかれ！」

背中を押されるようにして、武士たちが牛頭鬼に殺到する。おのおのがそれぞれの得《え》物《もの》を手にして。

いっせいに襲いかかる太刀。もしくは槍《やり》。が、牛頭鬼がその太い腕で薙《な》ぎはらうと、彼らは一様に弾き飛ばされてしまった。ばたばたと地に倒れる男たち。牛頭鬼はここぞとばかりに雄たけびをあげる。再度、鬼の声が大貴族の邸に響き渡った。

耳にするだけで身体が揺さぶられるような咆哮。威風堂々とした体軀。一度に襲いかかってきた複数の武士たちを、ことごとく弾き返したその腕力。

圧倒的な力をみせつけられ、早くも戦意を喪失した武士たちはじりじりと後ろにさがった。誰も、進んで前に出て行こうとしない。かといって、右大臣に雇われた手前、いち早く逃げ出すわけにもいかない。

この機会を待っていた夏樹は、太刀を抜いて走り出た。同時に、弘季と季長も牛頭鬼に駆け寄る。三方向から進み出てきた敵を、黒い牛頭鬼はその燃えるような眼《め》で見廻した。

そして、ふいに、季長めがけて突進してきた。彼を選んだのは、おそらく、いちばん近くにいたから。

「あせるな、季長」

夏樹が怒鳴ったが、遅かった。

季長は一歩も退《ひ》かず、それどころか太刀を大きく振りかぶり、自ら牛頭鬼に突進していった。

「うおおおっ！」

気合とともに下ろした刃を、牛頭鬼は片手でつかんだ。

季長の表情に驚きが走る。彼が押しても引いても、太刀は動かない。

ふいに、牛頭鬼が太刀から手を離した。その直後、牛頭鬼は季長に体当たりしてくる。

至近距離からの体当たりを食らって、季長は大きく跳んだ。庭の南側の松の木にぶつかって、その根もとに沈みこむ。ううっと低いうめき声を洩らし、すぐには起きあがれない。

「季長！」

走り寄ろうとした夏樹のすぐそばで、大地を蹴立てる重たい足音が響いた。牛頭鬼が方向転換し、今度は夏樹めがけて走ってきたのだ。

よける間もなかった。季長を助けようとした夏樹までもが跳ね飛ばされ、ざざっと背中で地面をこする羽目になった。

「ちいっ！」

それほどの痛手ではない。そう言い聞かせ、夏樹は急いで立ちあがろうとする。が、膝がいうことを聞いてくれない。立てない。

その間に、敵はゆっくりと彼に歩み寄っていた。

裸足《はだし》の牛頭鬼が一歩踏み出しただけで、ずん、と大地が震えた。それが、ずん、ずんと続いたかと思うと、いきなり、こぶしが夏樹めがけて下ろされたのだ。

「夏樹！」

一条が警告の声をあげつつ、懐から紙人形を飛ばした。しかし、遅かった。友の声が夏樹の耳に届いたといっしょに、牛頭鬼のこぶしが彼の背中を打ちつけたのである。

立ちあがりかけていた夏樹は、あっと声をあげて再び地面に倒れこんだ。そこへ紙人形の群れが遅ればせながら集まってきて、牛頭鬼にまとわりつく。が、牛頭鬼は驚きもせず、うるさい羽虫を追うように、ぐしゃりぐしゃりと紙人形を握り潰していく。丸められた紙は、虚《むな》しく夏樹の上に降り注ぐ。

彼の抜き身の太刀はうっすらと光り始めていた。が、息が止まりそうな痛みのために、持ち主はまだそれを振るうことができない。

「新蔵人どの！」

正面から行っても無駄と悟ったか、弘季が牛頭鬼を背面から斬りつけた。

渾身《こんしん》の太刀を受け、牛頭鬼の身体が一歩前に揺れた。それだけだった。刃は牛頭鬼の背中にうっすらとすじをつけたのみだったのだ。

牛頭鬼も数百年の時を経ると、ここまで頑丈になるのか。それとも、くろえが特別なのか。もとからそうなのか、正気をなくしたためにこうなったのか。

黒い牛頭鬼が弘季を振り返る。感情のまったく浮かんでこない眼が、壮年の武士をみつめる。身体の向きを変え、ずん、と踏み出す。黒いこぶしが、今度は弘季を打ち据える。

「ぐわっ！」

仰向《あおむ》けに倒れた弘季の手から、太刀が離れた。次の瞬間、彼は牛頭鬼に片手で顎をとらえられ、頭上高くに吊《つ》りあげられた。

弘季は両足をばたつかせ、牛頭鬼の腕に両手をかけて、なんとか引き剝がそうとする。が、大の男ひとりを吊りあげて、微動だにしない相手である。弘季がいくら力をこめても、効果はまったくない。

季長は松の根もとでうめきつつ、なんとか身体を起こそうとしている。が、太刀を杖代わりにしてもがいているのに、脚に全然力が入らず立てない。

「父上！　父上！」

と、季長の悲痛な声が響くばかりだ。

一条が式神を放とうと片手をあげる。その唇が、この場に呼び出したいものの名を告げる前に、夏樹が立ちあがった。

脚がふらついているが、太刀は光っている。白く神々しく。夏樹の瞳と同様に力強く。

「弘季どのを放せ！」

怒鳴ると同時に、彼は牛頭鬼に袈裟懸《けさが》けに斬りつけた。

予想以上に硬い皮膚だった。が、光る刃は軋《きし》みつつも、どうにか牛頭鬼の肉に食いこんだ。

重すぎる手応えに、夏樹は柄《つか》を両手で握りしめ、全身の力を注ぎこんで押した。その甲斐《かい》あって、輝く刃は黒い身体をきしきしと小さく引き裂き始め、はじまで来て一気に抜けた。

斬れたのだ。いままで、いく振りもの白刃を拒んできた牛頭鬼の身体を。

牛頭鬼の全身が細かく痙攣《けいれん》した。弘季を吊りあげていた手から、力が抜けた。

いましめから解き放たれた弘季が、牛頭鬼の真上に落下する。天に向かって湾曲した角が、彼のみぞおちに深々と突き刺さった。

夏樹は息を呑んだ。

季長も。

一条も。

遠巻きにして見ているだけだった武士たちも。

弘季の表情に驚愕が走る。

視線が、見上げる夏樹とほんの刹那、重なり合ったあと、彼は激痛をこらえるように

ぎゅっと目を閉じた。そして、怒鳴った。

「早く、もう、ひと太刀！」

促されて、夏樹は無我夢中で太刀を突き出した。吼えながら。涙を目ににじませなが

ら。

夏樹の雄叫びと、牛頭鬼の重たい絶叫とが重なり合って、響いた。

牛頭鬼が前のめりに倒れる。弘季の背が大地に接するや否や、黒牛頭鬼の身体が消え

た。まるで、塵《ちり》となって風に飛ばされてしまったかのように。

それならば、弘季の腹を貫く角も消えてくれればいいものを、そうはならない。牛頭

鬼は滅ぼしたが――執念なのか、なんなのか、角一本だけは残ったのだ。あの犀角が、

弘季の身に深く刺さったままで。彼の腹の傷から、血の染みがどんどん広がっていく。

「弘季どの！　弘季どの！」

夏樹は弘季の名を連呼しながら、彼の肩をつかんだ。かつて、一条が倒れたときのこ

とが、いやでも記憶によみがえってきていた。

またやってしまったのだ。また守れなかった。こんな近くにいたのに。

そんな苦い思いが夏樹の胸をふさぐ。

「お願いです。しっかりしてください、弘季どの」

弘季は腹の傷を片手で押さえ、低くうめいている。傷の深さといい、場所といい、かなり危ないことぐらい素人目にもわかる。

「……弘季どの……」

夏樹は半泣きになっていた。季長も、太刀を杖にして、ようよう動くようになった身体をひきずり、父親のもとへ来る。

「父上……！」

息子たち——夏樹も含めてそう言っていいだろう——の呼びかけに応えるように、弘季の目が薄く開いた。

渇いた唇が、粘りながらも小さく動く。大丈夫だ、と。それに続いて、

「痛みはもうない……」

ひゅうひゅうと、壊れた笛のような息を吐き、弘季は目を閉じた。

呼吸は続いているが、顔は青白い。まぶたはぴくりとも動かない。

「父上！」

「弘季どの！」

ふたりの少年が大事なひとに呼びかけ続けている場へ、一条が駆け寄ってきた。彼は

弘季の容態を見て取ると瞬間、顔を強《こわ》ばらせた。

いったい、何を思ったのか。短い間に彼は彼なりの決断を下し、武士たちの注目を集めるために大きく身をよじった。

直衣の袖が、ふわりと舞いあがった。

「物の怪は滅びた！」

力の入った宣言に、誰しもがハッとし、魅《ひ》きつけられた。一条の完璧な容姿が、その効力をさらに高めていることも否定できない。

「みなもその目で見ただろう。弘季どのが身を挺《てい》して物の怪めの動きを止め、大江夏樹どのがとどめを刺した。これはおふたりの功績だ！」

彼は大勢の視線を意識した所作をとり、口調も効果的なものを採択した。状況を見て、瞬時にそうやれた彼のことを、天性の詐欺師と呼ぶ者もいるかもしれない。

周囲の武士たちの目に、一条は勝利の宣言者としてそのまま映った。

若くりりしい蔵人が物の怪をしとめた。疑いをかけられていた滝口の武士は身の潔白を証明できた。そのことを、女神のように美しい少年が言祝《ことほ》いだ、と。

どっと喜びの声があがった。勝ち鬨だ。怪異がひとの力で退けられたことへの。

右大臣邸は途端ににぎやかになる。屋内にこもって震えていた大臣や、その家族、女房たちが何事かと恐る恐る顔を出す。理由を知った彼らもまた、勝利の酔いに加わって声をあげる。

にわかに騒がしくなった中、一条はさっと片膝をついて、夏樹と季長に小声で告げた。

「血はもうすぐ止まる。傷もふさがるだろう。他の者に気づかれる前に、早く運び出せ」

ぎょっとして、ふたり同時に一条を振り返る。陰陽生の表情は真剣だ。けして、気休めで言っているのではない。

しかし、彼の言うことをそのまま鵜呑《うの》みにもできなかった。弘季は重傷だ。とても助かるとは思えない。

「どういうことなんだ、一条」

夏樹の問いに、一条は早口で答えた。

「牛頭鬼の角が弘季どのと同化すれば――彼は助かる」

「おい、待て。同化って」

「言葉通りだ。その後、どうなるかはわからないが、とにかく、このまま死ぬことはないだろう」

釈然としない夏樹に代わって、季長が念を押す。

「父上は助かるんだな?」

一条は顔を歪め、「くどい」とつぶやいた。

浅い呼吸を繰り返す弘季は、依然として死に瀕《ひん》しているように見えた。が、装束についた血の広がりが止まったように思えなくもない。

「急げ。他の者に知れると厄介だ」

一条に鋭く命じられ、夏樹と季長はあわてて弘季を両側から抱きかかえあげた。瀕死の怪我人《けがにん》は微《かす》かにうめいただけだった。

まさかと思いつつも、夏樹は季長とともに傷ついた弘季をかかえて走った。あとから一条もついてくる。

（助かるかもしれない）

このときはまだ、夏樹も半信半疑だった。それでももと一縷《いちる》の希望にすがり、一条に言われるまま、弘季をひと目のないところへと運ぶ。

（弘季どのを失わずに済むかもしれない）

そうであってほしいと、強く念じ続けた。

結果として、彼の願いは聞き届けられた。それをかなえたのは天ではなかったかもしれないが。


雲がほんのわずかの間だけ晴れ、星が覗く。だが、風が強くて、すぐにまた雲が動き、天空の動きは何も見えなくなってしまった。

薄雲のむこうの月がにじむように光を放つ、ほの白い夜空の下――定信の中納言の邸では、今宵もまたあるじが酒を飲み、お気に入りの白拍子に舞いを舞わせていた。

このところ、定信はずっと上機嫌だ。家人たちは、旅の白拍子を邸に招いたのが功を奏したらしいと、ホッと胸を撫《な》でおろしていた。

真面目に毎日、参内するところまではまだいっていないが、不機嫌そうに怒鳴りちらされるよりはずっといい。それに、いまのところ、白拍子もさして出過ぎた真似《まね》はしていない。いっしょに滞在している男性奏者も従者たちも、実に控えめである。遊び慣れた中納言さまなら、白拍子風情に過剰に入れこむこともないだろうし、なんの心配もありはしない――それがおおかたの意見だった。

曇りのない笑みを浮かべて、定信は酒盃《しゅはい》を傾けていた。その手がふいに震え、酒が衣服の上に零れ落ちた。

彼自身がおやっと思った次の瞬間、肩から脇腹にかけて、まるで袈裟懸けに斬りつけられたかのような痛みが走ったのだ。

「あっ！」

定信は声をあげて前にうっぷした。盃《さかずき》は手から落ち、膳の上の皿ががしゃんと大きな音をたてる。

鼓の演奏が止まり、白拍子も舞うのを中断した。家の女房がふたり、両側から何事かと寄っていく。

「いかがなさいました、中納言さま」

口々にかけられる質問に、定信は頭を左右に振って答えた。

「いま、痛みが……いや、心配するな。大事ない」

虚勢を張ってそう言ったが、本当はまだじくじくと痛んでいた。なんだろう、これはと定信はいぶかしんだ。何かにぶつかったわけでもない、持病なども持っていないのに。

(飲みすぎたかな……)

そう思い、首を傾げていると、白拍子がすっと近寄ってきた。腰を落とし、床に転がった盃を拾いあげる。

「御酒がすぎたのでございましょう。もうお休みになったほうがよろしいかと」

まだ酔った気はしなかったが、身体の痛みはやはり気になる。それに、白拍子に優しく微笑みかけられると、彼女の勧める通り、早く寝たほうがいいように思えてきた。

「うむ。そうだな」

立ちあがって部屋を出る際、定信はそっと白拍子に耳打ちした。

「今宵はこのまま休むが、明日、また」

白拍子はくすぐったそうに笑い、小さくうなずいた。そこには年相応のかわいらしさと恥じらいが表れている。

女房たちは顔を見合わせて「おやおや」と笑いさざめいた。中納言さまったら、罪なおかた。あんな若い娘を夢中にさせて——と彼女たちは思っている。どちらがより深く入れこんでいるか、本当のことを家人たちは知らない。

宴《うたげ》がはねたので、白拍子は与えられた部屋にさがった。鼓の奏者を務めていた男も、そのあとに付き従った。

この奏者は、いつも影のように彼女のそば近くに控えている。寡黙で、どこか翳《かげ》りのある人物だ。

しかし、それも致しかたあるまいかと邸の家人たちは思っていた。彼の顔には、ひきつれたような火傷《やけど》の痕があったのだ。整った顔立ちをしているのに、あれさえなかったらと、歎《なげ》く女房たちも少なからずいた。

都へ続く道の途中、季長が彼らと行き合った折、男が顔をそむけていたのは火傷を見せまいとしてのことだったのだ。

醜くひきつれた火傷にももう慣れているのか、白拍子はこれっぽっちも気にしていない。彼の前では演じる必要がないのも心得ている。邸の者たちに見せていたような従順な娘のふりをすることはないのだ。

「犀角は仕損じたようだな」

がらりと変わった、まるで男のような口調で、彼女は言った。

「呪詛が失敗したら、その力は術者に返る。が、返しの風は中納言が受けてくれたようだ。つくづく、運のない男。わたしたちにとっては好都合だが」

男は暗い表情で尋ねた。

「また新たな呪詛を仕掛けるおつもりか」

「そうだな……どうしようか」

娘は長いまつげを少し伏せ、次の遊びへと思考をめぐらせ始めた。犀角一本がどれだけのことを招いたか知っているのかいないのか、瞳が楽しげに輝いている。

「承香殿の女御は楽しい。御所の中も面白い。いろいろやってみたい。いいだろう？」

そのいろいろのひとつが、身重の女御に物の怪を放つことだったのだ。

「恐ろしいかただ。あなたは……」

敬意とも畏怖とも侮蔑ともつかぬものをこめて、男はつぶやいた。

「禍津姫《まがつひめ》とでも、お呼びしたいくらいですよ」

禍津姫――不吉な響きのする呼び名をいやがるどころか、彼女は薄笑いを浮かべる。

「どうしてもわたしに名をつけたいなら、構わない、好きに呼べばいい」

烏帽子《えぼし》を脱ぎ捨て、長い髪を片手で後ろに梳《くしけず》った。黒い絹糸のような髪は、指の合間からさらさらと零れて、華奢《きゃしゃ》な肩に落ちる。

「名など、どうせただの符号にすぎないのだから」

腹立たしさを抑えかねたように、男は突然、両腕を娘の腰に回し、背後から彼女を抱きすくめた。娘は驚きもしない。すぐに力を抜いて、男の胸に身を預ける。あの薄笑いを浮かべたまま。

首を斜め上にねじって振り仰いだ彼女の唇を、男の唇がふさぐ。娘は拒まず、片手をあげて、男の頬を——火傷の痕をそっとなぞっていった。

灰_{はい}神_か楽_{ぐら}

冬の曇天のもと、平安京の官庁街たる大内裏《だいだいり》を歩きながら、一条はコホッと小さく咳《せき》をした。

先を歩んでいた彼の師匠、賀茂《かも》の権博士《ごんのはかせ》が肩越しにちらりと振り返る。

「さっきから咳が出ているな」

「すみません。お聞き苦しくて」

口調こそ丁寧ながら、一条はすまし顔で言って、そっと口もとを広袖でぬぐう。

彼らは陰陽寮《おんみょうりょう》での公務を早めに切りあげ、民間から直接、依頼された別件に対応すべく、現地に向かっているところであった。そこに背後から声がかかる。

「あれ？　一条？」

一条が振り向くと、彼の友人で六位の蔵人《くろうど》である夏樹がそこにいた。蔵人は帝《みかど》のそば近くで文書の管理や伝達など、さまざまな任務についている。蔵人の中でも下っ端の夏樹は、おそらく別の庁舎に使いにでも出されたのであろう。

「もう帰り？　公務は済んだのか？」

「ああ。これから、保憲《やすのり》さまが請け負った別件の手伝いだ」

権博士は夏樹に向け、愛想よく手を振った。夏樹も釣られて、ぺこりと彼に一礼する。

夏樹が一条に言う。

「じゃあ、またな」

ああ、と応えようとして、コホッとまた小さな咳が出た。一条は咳払いをして、「またな」と言い直す。

再び権博士が歩き出し、一条もそのあとに続いた。夏樹も、自身の職場である蔵人所《くろうどどころ》へと戻っていく。

「具合が悪いようなら先に帰ってもいいのだよ」

歩きながら権博士が弟子にそう勧めたが、一条は首を横に振った。

「いいえ。咳が少し出るだけで、熱はありませんから大丈夫です。それに保憲さまおひとりだと、また何か忘れ物をされそうで心配で」

何かと忘れっぽい師匠に、弟子の立場から釘《くぎ》を刺す。権博士はうなじに手をやり、「違いない」と苦笑した。忘れ物をしないように気をつけるよなどという殊勝な言葉は、彼の口から出るはずもなかった。

――依頼人の邸《やしき》は都のはずれに位置していた。思っていた以上に御所から遠く、権博士と一条がようやくそこに到着し、詳しい話を聞いているうちに冬の陽《ひ》はどんどん傾いていき、邸の周囲はあっという間に真っ暗になった。

依頼自体はそれほど難しい案件でもなかった。

依頼人が旅先で空き家に宿をとったところ、夜中に怪しい声を聞き、白くぼんやりとした人影のようなものを目撃。そのときはそれだけだったが、自宅に戻ってきてからも毎晩のように、不気味な声を聞き、白い人影を見るようになってしまった。

終《しま》いには一家の主人である依頼人だけでなく、家族の者たちまでもが声を聞き、人影を見る始末。どうやら、旅先から物《もの》の怪《け》が家までついてきたらしい。このままでは家族に障りが生じかねない。どうか物の怪を祓《はら》っていただきたい――といった内容だった。

さっそく邸の一室に簡単な祭壇が組まれ、串に刺した紙垂《しで》や供物の米飯、野菜や果実などが卓上にずらりと並べられた。

冷えこんできたので、祭壇の脇には大きな火桶《ひおけ》が置かれた。が、炭火の温《ぬく》もりを受けられるのは祭壇のすぐ前に座した権博士だけ。一条はあくまでも助手として、権博士の後方にすわらせられている。そこまでは炭火の温もりもわずかしか届かない。

一条は恨みがましい視線を権博士の背中に向けた。

邸内に立ちこめた気配から察するに、大した物の怪だとは思えない。ちゃっちゃと祓い、ちゃっちゃと帰って休みたいのが本音だ。しかし、正直にそう言うわけにもいかず、一条はむっつり顔で権博士の後方に陣取り、時折、コホッと小さく咳《せ》きこむ。

男装の美姫《びき》かと疑われるほどの美貌をたたえた玲瓏《れいろう》な少年である。広袖で口もとを押さえ、控えめに咳きこむ姿にも、なんとも言えぬ風情が漂った。旅先から物の怪を連れ帰ったかもしれない依頼人、その家族の者たちも、一条の様子をこっそり覗《のぞ》き見《み》しては目の保養にしている。

権博士はいつもと変わらず、粛々と陰陽道の祭文《さいもん》を唱えていた。彼自身も雰囲気のある青年で、陰陽の秘儀を執り行っているさまは神秘さもより増し、なかなか見応えがある。

依頼人の年頃の娘は、彼らに何かしてやりたいと思ったのだろう。こっそりと小間使いの女童《めのわらわ》に指示を出し、厨《くりや》から白湯《さゆ》を持ってこさせた。女童は折敷《おしき》に載せた白湯の椀《わん》を、一条のもとに運んで、

「あの、どうぞ……」

と小声でささやいた。

一条もさすがに彼女にはにこりと笑いかけ、「どうも」とひと言だけ返して白湯の椀を受け取り、渇いた喉を潤した。おかげで咳もいったんは治まる。

女童はポッと顔を赤くして一条から離れ、権博士にも白湯を運んだ。順番からいうと、権博士のほうへ先に白湯を渡すべきだったろうが、そこはご愛敬《あいきよう》というものだろう。

権博士もそのへんは別段、気にもかけず、祭文を唱えながら女童から白湯の椀を受け取ろうとした。

その瞬間。

椀のふちから、わずかながら湯がこぼれ、火桶の灰の上に落ちる。ジュッと音がして、灰の煙——灰神楽《はいかぐら》が立ちのぼった。

落ちた湯はわずかな量。それなのに、煙はもわぁ……と大きく広がり、虚空に白い人影を形作った。

男か女か。若いのか、老いているのかも判別がつかない。

楕円形《だえんけい》の顔に、空洞のようなふたつの目とぽっかりあいた口。

ひいいぃ……、あああぁ……と意味をなさない陰気な声を発しつつ、薄っぺらい全身をゆらゆらと揺らしている。

女童はきゃっと悲鳴をあげ、その場に尻餅をついた。依頼人とその家族も驚きの声を放って互いに抱き合う。

「で、出た！　あれこそがわが家に出る物の怪ですぞ！」

一条はすかさず身構えた。が、権博士はあわてず騒がず白湯の椀を床に置き、白い人影にふっと息を吹きかける。

権博士の吐息を受けて、あああぁ……と切なげな声を発しつつ、人影は激しく揺らいだ。そして、唐突にかき消える。あとには灰の香りしか残らない。

依頼人は身を乗り出し、おっかなびっくり問いかけた。

「や、やったのですか？」

権博士は振り返り、にっこり笑って、

「ええ。存外に単純な相手でしたよ」

依頼人とその家族はいっせいに安堵《あんど》と喜びの声をあげた。ありがとうございます、ありがとうございます、と感謝の言葉を浴びせかけるのも忘れない。権博士も至極満足そうにうなずいている。

一条だけはいつもの仏頂面で、なんの感動もなくコホッと咳をした。物の怪は消えたものの、灰の煙が喉にからみついているような気がして、なかなか気分爽快とまでは行かなかった。


予想外に仕事があっさり片づいたあと、一条は正親町《おおぎまち》の自邸にまっすぐ帰宅した。留守番役として炭櫃《すびつ》の前に陣取っていた、居候の馬頭鬼《めずき》のあおえが、

「あら、お帰りなさい。おなか空いてませんか？　お餅でも焼きましょうか？」

と尋ねてくる。あおえはこのところ餅にはまっていて、何かというと餅を焼く機会を狙っていたのである。

「太るぞ」

無慈悲なひと言を発した直後、一条はコホッと咳をする。

「あらあら、いけませんね。風病《かぜ》は万病のもとと言いますし、しっかり栄養をつけて治さなくっちゃ。だから、餅を焼きましょうね、餅を」

言うが早いか、あおえは厨へ走り、餅だの小皿だのを運んでくる。一条もうっとうしげにしかめっ面をするものの、止めはせずに炭櫃の前にすわりこんで暖を取る。

串に刺した餅が炭火にあぶられて、いい具合に膨らんできた頃、まるで焼き餅の匂いを嗅ぎつけたかのように、隣家の住人の夏樹が庭伝いにやって来た。勝手知ったる隣の家。夏樹は「失礼するよ」と言いつつ、簀子縁《すのこえん》から部屋に上がりこむ。

「おっ、餅を焼いてるのか」

「はい。一条さんが風病気味なので、しっかり食べて体力をつけてもらおうかなと」

「まだ咳が出るのか？」

心配そうに尋ねる夏樹に、「少しだけな」と応えて、一条は小さく咳をする。

「実は、喉に効く薬を持ってきたんだ」

夏樹は炭櫃のそばに腰を下ろすと、袖の中から小さな陶の器を取り出した。

「蜂蜜だよ。ほんの少しだけど」

「蜂蜜！　そんな高級品を」

あおえが目を輝かせて大声を出す。当時、養蜂はすでに行われていたが、蜂蜜は貴重品であり、甘味料ではなく薬として用いられていたのだ。

「以前、馨《かおる》からお裾分けしてもらったんだが、もったいなさすぎて味見もできなくて。一条、昼間逢《あ》ったときに咳きこんでいたし、これを白湯に溶かして飲むと喉にいいって話も聞いたんで、ぼくが舐《な》めるよりは一条に薬として飲んでもらったほうが有意義かなと思ったんだ」

「……本当にいいのか？」

思わぬ高級品の譲渡に、一条も戸惑いを隠しきれない。あおえはぎらぎらとした熱い視線を蜂蜜の器に注ぎ、舌なめずりをする。

「蜂蜜、お餅にかけてもおいしいんですよぉぉ」

「うるさい、黙れ」

一条がガツンと一発、馬頭鬼の頭を殴った。あおえはきゃっと悲鳴をあげ、頭を押さえる。もとから体格のいい馬頭鬼が、人間に殴られた程度でそれほど響くはずもないのだが、あおえは鼻息も荒く、「ぼ、暴力反対！」と訴える。

「貴重な薬に手を出そうとするからだ。さっさと白湯を用意しろ」

高価な蜂蜜を奪われてなるものかと、一条も真剣だ。あおえはぶつぶつと文句を言いながらも席を立って厨に行き、白湯を入れた椀を持ってきた。

「はい、どうぞっと」

炭櫃越しに椀を渡そうとしたそのとき、ふちから湯が少しこぼれ、炭櫃の灰の上にジユッと落ちた。たちまち灰神楽が細く立ちのぼる。

ほんの少量の湯しかこぼれてはおらず、のぼった煙も貧弱なものであったのに、それはたちまち人影らしき形をとった。さながら、権博士が鎮めた怪異の再現のように。

人影の楕円の顔に穿《うが》たれた三つの穴は、眼窩《がんか》と口さながら。あぁぁ……と不気味な声を発し、ゆらゆらと虚空で揺らぐ姿は、恨みがましく身をよじっているように見えなくもない。

あおえは椀を放り投げて悲鳴をあげた。

「な、なんですか、これは」

夏樹もほぼ同時に悲鳴をあげる。

「なんなんだ、これは」

一条は煙の人影を鋭く睨《にら》みつけた。

「ついてきたのか」

おそらく、風病気味だったせいで気づくのが遅れたのだろう。致しかたなかったとはいえ、おのれの未熟さを突きつけられたような気がしてむしょうに腹が立ち、一条は怒りの形相で陰陽の祭文を唱えようとして——ゴホンッと大きく咳きこんだ。

唾も相当量、混じった咳が、人影の顔面を直撃する。

咳の勢いに打ちのめされて、ひゃあぁぁぁ……と人影は悲鳴を放ち、そのまま虚空に霧散した。今度こそ、完全に。

ゴホン、ゴホン、と一条は続けざまに咳きこむ。苦しげに丸めた彼の背中を、夏樹があわてて支えた。

「大丈夫か、一条」

大丈夫だ、と無音の息で返されたものの、夏樹は急いであおえに指示を出した。

「水だ。水を早く」

「はいはい、ただいま」

あおえは床に転がった椀を拾いあげ、水を入れて再び戻ってきた。一条は水を飲んで喉を潤すと、はあっ……と大きく息をついた。

「やれやれ。まさか、物の怪を連れ帰っていたとはな」

「具合が悪かったんだから気づかなくても仕方ないさ」

夏樹に先に言われたおかげで、自分で言い訳をする必要もなくなり、一条はばつの悪い顔をして小さくうなずいた。

改めて、あおえが椀に温かい湯を入れて運んできた。夏樹持参の蜂蜜を湯で溶いた、甘い蜂蜜湯が一条に渡される。ひと口すすった途端、一条が驚きに目を瞠《みは》る。

「これ、うまいな」

「そうなんだ。それはよかった」

嬉《うれ》しそうな夏樹に見守られて、一条はもう一口すすった。

咳で荒れた喉に、蜂蜜の自然な甘みが浸透していく。胃の腑《ふ》もじんわりと温まってきて、これは効きそうだぞと一条も確信した。

ふと、夏樹のもの欲しそうな視線が気になったので、彼に訊《き》いてみる。

「味見するか？」

夏樹の表情がパッと明るくなった。

「いいのか？」

「ああ。椀のここに口をつけたから、おまえはこっち側から飲め」

「はいはい」

椀を受け取り、指示通りのところに口をつけて、夏樹は蜂蜜入りの湯をすすった。たちまち、その顔が幸福感に笑み崩れる。

「うん。甘くてうまいな」

「だろ？」

差し入れしてもらった側の一条が、なぜか自慢げだ。

あおえがごくりと唾を呑《の》んで、にじり寄ってきた。

「わたしにも味見させてもらえませんか？」

一条は渋い表情になったが、「ひと口だけだぞ」と念押しして椀をあおえに手渡した。

「では、いっただきまーす」

ほくほく顔のあおえは、一気に椀の中身をあおろうとする。

あっ、と夏樹は声をあげただけだったが、

「そうはさせるか！」

一条は雄叫《おたけ》ぶと同時に、あおえの腹を蹴りつけた。ぐほっとむせたあおえの手から椀が離れ、宙を舞うも、一条はそれを片手でしっかりと受け止める。中身の蜂蜜湯も、きれいに椀の中に収まる。いや、ほんの数滴だけ、あおえの顔にかかったのだが。

あおえは分厚い舌でべろべろと自身の馬づらを舐めまわした。

「あンまぁぁい。蜂蜜、最高ぅぅ」

腹を蹴られはしたものの、あおえは満面に笑みを浮かべて蜜の味を堪能する。

「まったく、油断も隙もない」

横取りされてなるものかと、一条はぐびっと蜂蜜湯を飲み干した。絶妙な甘味に、ふうっと吐息が洩《も》れる。

「まさしく甘露だな。礼を言うぞ」

「喜んでもらえたのなら、差し入れした甲斐《かい》があったよ」

殴られても蹴られてもめげない頑丈な馬頭鬼と、風病気味でも物の怪を容赦なく退治する有能な友人を見やって、夏樹はあははと笑った。

炭櫃の灰の中では、小さな熾火《おきび》が赤く輝いている。

「あ、お餅がいい具合に焼けましたよぉ」

「太るぞ」

厭味《いやみ》を忘れない一条に夏樹が、

「ひとつぐらいなら、よくないか？」

「ほら、夏樹さんもああ言ってるじゃありませんか」

二対一となると、一条も分が悪い。

「ま、ひとつぐらいなら……」

それに、貴重な蜂蜜とは違って、餅の数は充分すぎるくらいにある。

温かな部屋で炭櫃を囲みながら、三人は焼き餅を平和に分け合って食したのだった。

あとがき

二〇〇一年に刊行された集英社スーパーファンタジー文庫版『霜剣落花《そうけんらっか》』の帯には、「巨大な黒い牛が襲いかかる！」と書かれていた。

……うん、その通り。馬や牛がいっぱい出てくる平安怪奇ロマンである。もちろん、美形の陰陽師《おんみょうじ》も登場するので御安心いただきたい。

そんな集英社文庫版『暗夜鬼譚』も今回で十二冊目となる。

前後編だったものは一冊に、五分冊だったものは前編・中編・後編にまとめと、いろいろ工夫したとはいえ、よもや、ここまで新装版を出してもらえるとは。二十年あまりの時を経て、装いも新たに（Minoruさんの描かれるカバーイラストの情感豊かなことといったら！）再発行してもらえるだけでも奇跡的だというのに、本当にわたしは果報者である。

けれども、さすがにそろそろ……なんじゃないかなぁと。話の区切り的にも『綺羅星群舞《きらぼしぐんぶ》』で閉幕とするのがきれいな形なのだろうなと覚悟していたのだが……。

もしやこのまま完走できる――かも？

えっ？　集英社文庫さん、本気ですか？　い、いいの？　いや、そんな口約束をしておいて、くるっと現状がひっくり返るなんてことも、この御時世、珍しくはないのだけれど、夢見ちゃってても大丈夫なのかな？

そんな雰囲気になってきたので、ここで自分に何かできることはないだろうかと考えてみた。もちろん、これまでも文章に細かく手を入れていったり、毎回オマケ短編をつけたりと、自分なりの努力はしてきたつもりなのだが。

たとえば、『暗夜』の世界観をそのまま活《い》かした完全新作とか……？

需要があるならがんばりたいけれど、どうなのだろう。そんなことを考え、今日も「現場百回」と唱えながら『今昔《こんじゃく》物語集』を読み返すのであった（『宇治拾遺《うじしゅうい》物語』も読み返しているが、こちらは下ネタがちょくちょく出てきて毎度くらくらする。女犯《にょぼん》はいかんと弟子を教え諭すため、女に化けて自身を襲わせる老法師さまって、いったい……。しかも、「何をするのじゃあ」と騒ぎながら相手をがっつり離さないところが大変素晴らしいです。はい）。

令和七年二月

瀬川貴次

〈追記〉

一条が風邪をひいたネタをオマケ短編にぶっこんだせいなのか、インフルエンザ（十数年ぶり）とコロナ（初）に同時に罹《かか》ってしまいましたことよ……（笑）。

いまはすっかり元気ですので、ご安心を。

本書は二〇〇一年一月に集英社スーパーファンタジー文庫より刊行されました。
集英社文庫収録にあたり、書き下ろしの「灰神楽」を加えました。

本文デザイン／ AFTERGLOW
イラストレーション／ Minoru

シリーズ・好評既刊

①春宵白梅花《しゅんしょうはくばいか》
②遊行天女《ゆうぎょうてんにょ》
③夜叉姫恋変化《やしゃひめこいへんげ》
④血染雪乱《ちぞめゆきみだれ》
⑤紫花玉響《むらさきたまゆら》
⑥五月雨幻燈《さみだれげんとう》

⑦空蝉挽歌《うつせみばんか》〈前〉
⑧空蝉挽歌《うつせみばんか》〈中〉
⑨空蝉挽歌《うつせみばんか》〈後〉
⑩狐火恋慕《きつねびれんぼ》
⑪綺羅星群舞《きらぼしぐんぶ》

集英社文庫

暗夜鬼譚《あんやきたん》　霜剣落花《そうけんらっか》

2025年３月25日　第１刷　　定価はカバーに表示してあります。

著　者　瀬川貴次《せがわたかつぐ》

発行者　樋口尚也

発行所　株式会社　集英社
東京都千代田区一ツ橋2-5-10　〒101-8050
電話　【編集部】03-3230-6095
【読者係】03-3230-6080
【販売部】03-3230-6393（書店専用）

印　刷　中央精版印刷株式会社　株式会社美松堂

製　本　中央精版印刷株式会社

フォーマットデザイン　アリヤマデザインストア　　マークデザイン　居山浩二

ISBN978-4-08-744756-9 C0193